L'homme aux cercles bleus

FRED VARGAS

Considérée comme la reine du roman policier français, Fred Vargas emprunte son nom de plume au personnage d'Ava Gardner dans *La comtesse aux pieds nus* de J. Mankiewicz. Née à Paris en 1957, elle devient une éminente archéologue médiéviste travaillant pour le CNRS, avant d'entamer une carrière d'écrivain.

Auteur d'une dizaine de « Rompol », Fred Vargas dépeint, au-delà d'une intrigue policière captivante, un univers poétique au sein duquel ses personnages ne cessent de gratter la surface des choses afin d'en dégager la véritable essence. Vendus dans une quarantaine de pays, les romans de Fred Vargas ont reçu de nombreuses récompenses en France et à l'étranger dont le prix Mystère de la critique en 1996 pour *Debout les morts* et le grand prix du Roman noir de Cognac en 2000 pour *L'homme à l'envers*. *Pars vite et reviens tard* a obtenu le prix des Libraires et le grand prix des Lectrices de *ELLE*, en 2002.

Fred Vargas

L'homme aux cercles bleus

Mathilde sortit son agenda et nota : « Le type qui est assis à ma gauche se fout de ma gueule. »

Elle but une gorgée de bière et jeta un nouveau coup d'œil à son voisin, un type immense qui pianotait sur la table depuis dix minutes.

Elle ajouta sur son agenda : « Il s'est assis trop près de moi, comme si l'on se connaissait alors que je ne l'ai jamais vu. Certaine que je ne l'ai jamais vu. On ne peut pas raconter grand-chose d'autre sur ce type qui a des lunettes noires. Je suis à la terrasse du *Café Saint-Jacques* et j'ai commandé un demi-pression. Je le bois. Je me concentre bien sur cette bière. Je ne vois rien de mieux à faire. »

Le voisin de Mathilde continuait à pianoter.

— Il se passe quelque chose ? demanda-t-elle.

Mathilde avait la voix grave et très ébréchée. L'homme jugea que c'était une femme, et qu'elle fumait autant qu'elle le pouvait.

— Rien. Pourquoi ? demanda l'homme.

— Je crois que ça m'énerve de vous voir tambouriner sur la table. Tout me crispe aujourd'hui.

Mathilde termina sa bière. C'était fade, typique d'un dimanche. Mathilde avait l'impression de souffrir plus que d'autres de ce mal assez commun qu'elle appelait le mal du septième jour.

— Vous avez environ cinquante ans, je suppose ? demanda l'homme, sans s'écarter d'elle.

— Possible, dit Mathilde.

Elle fut contrariée. Qu'est-ce que ça pouvait lui faire à ce type ? À l'instant, elle venait de s'apercevoir que le filet d'eau de la fontaine d'en face, dévié par le vent, mouillait le bras d'un ange sculpté en contrebas, et ça, c'était peut-être des instants d'éternité. Au fond, ce type était en train de lui gâcher le seul instant d'éternité de son septième jour.

Et puis d'ordinaire, on lui donnait dix ans de moins. Elle le lui dit.

— Et alors ? dit l'homme. Je ne sais pas estimer à l'ordinaire des autres. Mais je suppose que vous êtes plutôt belle, ou je me trompe ?

— Il y a quelque chose qui cloche sur mon visage ? Vous n'avez pas l'air très fixé, dit Mathilde.

— Si, dit l'homme, je suppose que vous êtes plutôt belle, mais je ne peux pas le jurer.

— Faites donc comme vous voulez, dit Mathilde. En tous les cas, vous, vous êtes beau, et je peux le jurer si ça peut vous être utile. En réalité, c'est toujours utile. Et puis je vais vous laisser. Au fond, je suis trop crispée aujourd'hui pour avoir envie de parler à des types dans votre genre.

— Je ne suis pas détendu non plus. J'allais voir un appartement à louer et c'était déjà pris. Et vous ?

— J'ai laissé filer quelqu'un à qui je tenais.

— Une amie ?

— Non, une femme que je suivais dans le métro. J'avais pris pas mal de notes et d'un seul coup, je l'ai perdue. Vous voyez ça un peu ?

— Non. Je ne vois rien.

— Vous n'essayez pas, voilà le fond de la chose.

— C'est évident que je n'essaie pas.

— Vous êtes pénible comme homme.

— Oui, je suis pénible. Et en plus je suis aveugle.

— Bon Dieu, dit Mathilde, je suis désolée.

L'homme se tourna vers elle avec un sourire assez mauvais.

— Pourquoi désolée ? dit-il. Tout de même, ce n'est pas votre faute.

Mathilde se dit qu'elle devrait s'arrêter de parler. Mais elle savait aussi qu'elle n'y arriverait pas.

— C'est la faute à quoi ? demanda-t-elle.

L'aveugle beau, comme Mathilde l'avait déjà nommé dans sa tête, se réinstalla de trois quarts dos.

— À une lionne que je disséquais pour comprendre le système de locomotion des félins. Qu'est-ce qu'on s'en fout du système de locomotion des félins ! Parfois je me disais, c'est formidable, et d'autres fois je pensais, bon sang, les lions, ça marche, ça recule, ça saute, et c'est tout ce qu'il y a à en savoir. Un jour, j'ai eu un coup de scalpel maladroit…

— Et tout a giclé.

— C'est vrai. Comment vous le savez ?

— Il y a eu un gars, celui qui a construit la colonnade du Louvre, qui a été tué comme ça, par un chameau pourri étalé sur une table. Mais c'était il y a longtemps et c'était un chameau. Ça fait pas mal de différences en fait.

— Mais le pourri reste le pourri. Le pourri a sauté dans mes yeux. J'ai été expédié dans le noir. Fini, plus moyen de regarder. Merde.

— C'était une saloperie de lionne. J'ai connu un animal comme ça. Ça fait combien de temps ?

— Ça fait onze ans. Si ça se trouve elle rigole bien à l'heure qu'il est, la lionne. Enfin, moi aussi je rigole parfois maintenant. Mais sur le coup, non. Un mois plus tard, je suis retourné au laboratoire et j'ai tout saccagé, j'ai étalé du pourri partout, je voulais que le pourri aille dans les yeux de tout le monde et j'ai foutu en l'air tout le travail de l'équipe sur la locomotion des félins. Bien entendu, je n'en ai pas retiré de satisfaction. J'ai été déçu.

— Quelle couleur ils avaient, vos yeux ?

— Noirs comme des martinets, noirs comme les faucilles du ciel.

— Et maintenant ils sont comment ?

— Personne n'a osé me les décrire. Noirs, rouges et blancs, je crois. Les gens s'étranglent quand ils les voient. J'imagine que le spectacle est abominable. Je ne retire plus jamais mes lunettes.

— Moi je veux bien les voir, dit Mathilde, si vous voulez vraiment savoir comment ils sont. L'abominable, ça ne m'embarrasse pas.

— On dit ça. Et après on pleure.

— Un jour en plongée, un requin m'a mordu la jambe.

— D'accord, ça ne doit pas être beau.

— Qu'est-ce que vous regrettez le plus de ne plus voir ?

— Vos questions m'assassinent. On ne va pas parler des lions et des requins et des sales bestioles toute la journée.

— Non, sans doute pas.

— Je regrette des filles. C'est très banal.

— Les filles sont parties après la lionne ?

— Faut croire. Vous ne m'avez pas dit pourquoi vous suiviez cette femme ?

— Pour rien. Je suis des quantités de gens, vous savez. C'est plus fort que moi.

— Votre amant est parti après le requin ?

— Parti, et d'autres sont venus.

— Vous êtes une femme singulière.

— Pourquoi dites-vous ça ? dit Mathilde.

— À cause de votre voix.

— Qu'est-ce que vous entendez, vous, dans les voix ?

— Allons, je ne peux pas vous le dire! Que me resterait-il, bon Dieu? Il faut bien laisser quelque chose à l'aveugle, madame, dit l'homme avec un sourire.

Il se leva pour partir. Il n'avait même pas bu son verre.

— Attendez. Comment vous appelle-t-on? dit Mathilde.

L'homme hésita.

— Charles Reyer, dit-il.

— Merci. Je m'appelle Mathilde.

L'aveugle beau dit que c'était un nom assez chic, que la reine Mathilde avait régné en Angleterre au XIIᵉ siècle, et il partit, en se guidant du doigt le long du mur. Mathilde se foutait du XIIᵉ siècle et elle vida le verre de l'aveugle en fronçant les sourcils.

Longtemps, pendant des semaines, au cours de ses excursions en trottoirs, Mathilde chercha en même temps l'aveugle beau du bord de ses regards. Elle ne le trouvait pas. Elle lui donnait trente-cinq ans.

*
* *

On l'avait nommé commissaire à Paris, dans le 5ᵉ arrondissement. À pied, il avançait vers son nouveau bureau, pour la douzième journée.

Heureusement, c'était Paris.

C'était la seule ville du pays qu'il pouvait aimer. Il avait cru longtemps que l'endroit où il vivait lui était indifférent, indifférent comme la nourriture qu'il mangeait, indifférent comme les meubles qui l'entouraient, indifférent comme lui étaient les habits qu'il portait, donnés, hérités, trouvés on ne sait où.

Mais finalement, pour le lieu où vivre, ce n'était pas aussi simple. Jean-Baptiste Adamsberg avait parcouru pieds nus toute la montagne pierreuse des Basses-

Pyrénées. Il y avait vécu et dormi, et plus tard, une fois flic, il y avait travaillé sur des meurtres, meurtres dans des villages de pierre, meurtres dans des sentiers minéraux. Il connaissait par cœur le bruit que font les cailloux sous les pieds, et la montagne qui vous serre contre elle et vous menace comme un vieil homme musclé. Dans le commissariat où il avait débuté à vingt-cinq ans, ils disaient qu'il était « sylvestre ». Peut-être en référence à la sauvagerie, à la solitude, il ne savait pas au juste. Et il ne trouvait ça ni original, ni flatteur.

Il avait demandé pourquoi à l'une des jeunes inspectrices, sa supérieure directe, qu'il aurait voulu embrasser, mais qui avait dix ans de plus que lui, et il n'osait pas. Elle était embarrassée, elle avait dit : « Débrouillez-vous, regardez-vous dans une glace, vous comprendrez bien tout seul. » Le soir, il avait considéré, avec dépit parce qu'il aimait les géants blancs, sa silhouette petite, solide et brune, et le lendemain, il avait dit : « Je me suis mis devant la glace, j'ai regardé, mais je n'ai pas bien compris ce que vous m'avez dit. »

« Adamsberg, avait dit l'inspectrice, un peu lasse, un peu dépassée, pourquoi dire des choses de ce genre ? Pourquoi poser des questions ? On travaille sur un vol de montres, et c'est tout ce qu'il y a à savoir et je n'ai pas l'intention de parler de votre corps. » Et elle avait ajouté : « Je ne suis pas payée pour parler de votre corps. »

« Bon, avait dit Jean-Baptiste, ne vous énervez pas comme ça. »

Une heure après, il avait entendu la machine à écrire s'arrêter et l'inspectrice qui l'appelait. Elle était contrariée. « Finissons-en, avait-elle dit, disons que c'est le corps d'un enfant sylvestre, c'est tout. » Il avait répondu : « Est-ce que vous voulez dire qu'il est primitif, qu'il est moche ? » Elle avait eu l'air encore plus dépassé. « Ne me faites pas dire que vous êtes beau, Adamsberg, mais vous avez de la grâce pour mille, arrangez-vous avec ça dans la vie », et il y avait eu de la fatigue et de la tendresse dans sa voix, il en était certain. Si bien qu'il s'en souvenait encore avec un frisson, surtout que ça ne s'était plus jamais reproduit avec elle. Il avait attendu la suite, le cœur cognant. Peut-être elle allait l'embrasser, peut-être, mais elle cessa de le tutoyer et elle n'en dit jamais plus. Sauf ceci, comme avec désespérance : « Et vous n'avez rien à faire dans la police, Jean-Baptiste. La police n'est pas sylvestre. »

Elle s'était trompée. Il avait débrouillé coup sur coup au cours des cinq années suivantes quatre meurtres d'une manière que ses collègues avaient trouvée hallucinante, c'est-à-dire injuste, provocante. « T'en fous pas une rame, Adamsberg, ils lui disaient ; tu es là, tu traînes, tu rêves, tu contemples les murs, tu griffonnes des croquis sur tes genoux, comme si t'avais la science infuse et la vie devant toi, et puis un jour tu rappliques, nonchalant, gentil, et puis tu dis : "Faudrait arrêter monsieur le curé, il a étranglé le petit pour ne pas qu'il raconte." »

L'enfant sylvestre aux quatre meurtres s'était ainsi retrouvé inspecteur, puis commissaire, toujours griffonnant à perte d'heures de très petits dessins sur ses genoux, sur des pantalons informes. Il y a quinze jours, on lui avait proposé Paris. Il avait laissé derrière lui son bureau couvert des graffitis qu'il y avait crayonnés pendant vingt ans, sans jamais que la vie ne le lasse.

Mais pourtant, comme les gens pouvaient l'ennuyer parfois ! Comme si trop souvent il savait à l'avance ce qu'il allait entendre. Et chaque fois qu'il pensait « À présent, ce type va dire ça », il s'en voulait, il se trouvait odieux, plus encore quand le type le disait effectivement. Alors il souffrait en suppliant un dieu quelconque de lui accorder un jour la surprise et non la connaissance.

Jean-Baptiste Adamsberg tournait son café dans un bistrot en face de son nouveau commissariat. Est-ce qu'il savait mieux maintenant pourquoi on l'avait trouvé sylvestre ? Oui, il y voyait un peu plus clair là-dedans, mais les gens emploient les mots à tort et à travers. Lui surtout. Ce qui était sûr, c'est que Paris seul savait lui restituer le monde minéral dont il s'apercevait qu'il avait besoin.

Paris, la ville de pierre.

Il y avait bien des arbres, c'était inévitable, mais on s'en foutait, il n'y avait qu'à ne pas les regarder. Et les squares, il n'y avait qu'à les éviter et tout allait bien. Adamsberg n'aimait en matière de végétation que les buissons rachitiques et les légumes souterrains. Ce qu'il y avait de sûr aussi, c'est qu'il n'avait sans doute pas tellement changé, puisque les regards de ses nouveaux collègues lui avaient rappelé ceux des Pyrénées il y a vingt ans, avec le même effarement discret, les mots murmurés derrière lui, les hochements de tête, les plis contrariés des bouches et les doigts qui s'écartent en mouvements d'impuissance. Toutes ces animations dans le silence qui veulent dire : mais qu'est-ce que c'est que ce type ?

Doucement il avait souri, doucement il avait serré les mains, expliqué et écouté, parce qu'Adamsberg faisait toujours tout doucement. Mais au bout de onze jours, ses collègues ne s'approchaient toujours pas de lui sans l'expression d'hommes se demandant à quelle nouvelle espèce du monde vivant ils ont affaire, et comment on la nourrit, et comment on lui parle, et comment on la distrait et comment on l'intéresse. Depuis onze jours, le commissariat du 5e s'était englouti dans des chuchotis, comme si un mystère délicat en avait suspendu la vie ordinaire.

La différence avec ses débuts dans les Pyrénées, c'était que maintenant, sa réputation rendait les choses un peu plus faciles. Cela ne faisait quand même pas oublier qu'il venait d'ailleurs. Il avait entendu hier le plus vieux Parisien de l'équipe dire à voix basse : « Il vient des Pyrénées, tu vois, autant dire l'autre bout du monde. »

Il aurait dû être au bureau depuis une demi-heure, mais Adamsberg tournait toujours son café dans le bistrot d'en face.

Ce n'est pas parce qu'aujourd'hui, à quarante-cinq ans, il y avait ce respect autour de lui qu'il se permettait d'arriver en retard. À vingt ans, il était déjà en retard. Même pour sa naissance, il avait été en retard de seize jours. Adamsberg n'avait pas de montre, mais il n'était pas capable d'expliquer pourquoi, d'ailleurs il n'avait rien contre les montres. Ni contre les parapluies. Ni contre rien en fait. Ce n'était pas qu'il ne voulait faire que ce qu'il désirait, mais c'est qu'il ne savait pas s'efforcer à quelque chose si son humeur y était sur l'instant contraire. Jamais il n'avait su, même quand il souhaitait plaire à la belle inspectrice. Même pour elle. On avait dit que le cas d'Adamsberg était désespéré, et c'était parfois son opinion. Mais pas toujours.

Et aujourd'hui, son humeur était à tourner un café, avec lenteur. Un type s'était fait tuer dans son entrepôt de tissus, trois jours plus tôt. Ses affaires semblaient si crapuleuses que trois des inspecteurs dépouillaient le fichier de ses clients, certains d'y trouver l'assassin parmi eux.

Adamsberg ne s'inquiétait pas trop pour cette affaire depuis qu'il avait vu la famille du mort. Ses inspecteurs cherchaient un client escroqué, ils avaient même une piste sérieuse, et lui, il regardait le beau-fils du mort, Patrice Vernoux, un joli type de vingt-trois ans, délicat, romantique. C'est tout ce qu'il faisait, il le regardait. Il l'avait déjà convoqué trois fois au commissariat sous des prétextes variés, en le faisant parler de n'importe quoi : qu'est-ce qu'il pensait de la calvitie de son beau-père, est-ce que ça le dégoûtait, est-ce qu'il aimait les usines de tissus, qu'est-ce que ça lui faisait quand il y avait une grève d'électricité, comment expliquait-il que la généalogie passionne autant de gens ?

La dernière fois, hier, ça s'était passé comme ça :

— Est-ce que vous vous trouvez beau ? avait demandé Adamsberg.

— Ça m'est difficile de dire non.

— Vous avez raison.

— Est-ce que vous pourriez me dire pourquoi je suis ici ?

— Oui. Pour votre beau-père bien sûr. Ça vous aga-çait quand même qu'il couche avec votre mère, vous m'avez dit ?

Le garçon haussait les épaules.

— Je ne pouvais rien y faire, de toute façon, sauf le tuer et je ne l'ai pas fait. Mais c'est vrai, ça me levait un peu le cœur. Mon beau-père, c'était une sorte de sanglier. Avec des poils jusque dans les oreilles, fran-chement, ça me dépasse. Ça vous amuserait, vous ?

— Je n'en sais rien. Un jour, j'ai vu ma mère coucher avec un camarade de classe. Pourtant la pauvre chou, elle était plutôt fidèle. J'ai refermé la porte et je me sou-viens que la seule chose que j'ai pensée, c'est que le gar-çon avait un grain de beauté vert dans le dos, mais que peut-être maman ne l'avait pas vu.

— Je ne vois pas bien ce que j'ai à faire là-dedans, avait grondé le garçon, gêné. Si vous êtes plus brave que moi, c'est votre affaire.

— Non, mais ce n'est pas grave. Votre mère, est-ce que vous la trouvez triste ?

— Évidemment.

— Bon. C'est très bien. N'allez pas trop la voir.

Et puis il avait dit au garçon de partir.

Adamsberg entra au commissariat. Son préféré des inspecteurs, pour le moment, c'était Adrien Danglard, un homme pas bien beau, très bien habillé, le ventre et les fesses basses, qui buvait pas mal, et qui ne paraissait plus très fiable après quatre heures de l'après-midi, parfois avant. Mais il était réel, très réel, Adamsberg n'avait pas encore trouvé d'autre terme pour le définir. Danglard lui avait préparé sur sa table un résumé sur le fichier des clients du marchand de tissus.

— Danglard, je voudrais voir le beau-fils aujourd'hui, le jeune homme, Patrice Vernoux.

— Encore, monsieur le commissaire ? Mais qu'est-ce que vous lui voulez à ce pauvre type ?

— Pourquoi dites-vous « pauvre type » ?

— Il est timide, il se recoiffe sans arrêt, il est conciliant, il fait des efforts pour vous faire plaisir, et quand il attend, assis dans le couloir, sans savoir ce que vous allez encore lui demander, il a l'air si déconcerté qu'il fait un peu de peine. Donc je dis : « pauvre type ».

— Vous n'avez pas remarqué autre chose, Danglard ?

Danglard secoua la tête.

— Je ne vous ai pas raconté l'histoire du grand chien baveux ? lui demanda Adamsberg.

— Non. Je dois dire que non.

— Après, vous me jugerez le plus sale flic de la terre. Il faut vous asseoir un moment, je parle lentement, j'ai beaucoup de mal à me résumer, souvent même je m'égare. Je suis un homme vague, Danglard. J'étais parti tôt du village pour passer la journée dans la montagne, j'avais onze ans. Je n'aime pas les chiens, je ne les aimais pas non plus quand j'étais petit. Celui-là, un gros chien baveux, me regardait au milieu du sentier. Il bava sur mes pieds, il bava sur mes mains, c'était un gros chien crétin et sympathique. Je lui ai dit : « Écoute, gros chien, je vais loin, j'essaie de me perdre et de me retrouver ensuite, tu peux venir avec moi, mais bon Dieu arrête de me baver dessus, ça me dégoûte. » Le gros chien a pigé et il m'a suivi.

Adamsberg s'interrompit, alluma une cigarette et prit un petit bout de papier dans sa poche. Il croisa une jambe, s'appuya dessus pour griffonner un dessin et continua, après un coup d'œil à son collègue.

— Ça m'est égal de vous ennuyer, Danglard, je veux raconter l'histoire du gros chien. Le gros chien et moi on a discuté tout le long du chemin, des étoiles de la Petite Ourse et des os de veau, et on s'est arrêtés à une bergerie abandonnée. Là, il y avait six mômes d'un autre village, je les connaissais bien. On s'était souvent battus. Ils ont dit : « C'est ton clebs ? » « Pour aujourd'hui », j'ai répondu. Le plus petit a saisi le gros chien par ses longs poils, le gros chien qui était peureux et mou comme un tapis, et il l'a tiré jusqu'au bord de la falaise. « Je l'aime pas ton clebs, il a dit, il est con, ton clebs. » Le gros chien gémissait sans réagir, c'est vrai qu'il était con. Le petit môme lui a foutu un coup de pied au cul, et le chien est tombé dans le vide. J'ai posé mon sac par terre, lentement. Je fais tout lentement. Je suis un homme lent, Danglard.

« Oui, eut envie de dire Danglard, je m'en suis aperçu. » Un homme vague, un homme lent. Mais il ne pouvait pas le dire, Adamsberg était son nouveau supérieur. Et puis il le respectait. Danglard avait eu vent comme tout le monde des principales enquêtes d'Adamsberg, et comme tout le monde il avait salué le génie du dénouement, chose qui lui paraissait aujourd'hui incompatible avec ce qu'il découvrait de l'homme depuis son arrivée. À présent qu'il le voyait, il était surpris, mais pas seulement par cette lenteur des gestes et de la parole. Il avait d'abord été déçu par ce corps petit, mince et solide, mais pas impressionnant, par la négligence générale du personnage, qui ne s'était même pas présenté à eux à l'heure convenue, et qui avait noué une cravate sur une chemise déformée, fourrée n'importe comment dans son pantalon. Et puis la séduction avait monté, comme un niveau d'eau. Ça avait commencé par la voix d'Adamsberg. Danglard aimait l'entendre, ça le calmait, ça l'endormait presque. « Ça fait comme une caresse », avait dit Florence, mais bon, Florence, c'était une fille, elle était seule responsable des mots qu'elle choisissait. Castreau avait gueulé : « Ne dis pas qu'il est beau. » Florence avait eu l'air perplexe. « Attends, il faut que je réfléchisse », avait-elle répondu. Florence disait toujours ça. C'était une fille scrupuleuse, elle réfléchissait beaucoup avant de parler. Pas sûre d'elle, elle avait ânonné : « Non, mais ça a à voir avec de la grâce, ou quelque chose comme ça. Je réfléchirai. » Comme des collègues avaient ri, alors que Florence avait l'air si studieuse, Danglard avait dit : « Florence a raison, c'est évident. » Margellon, un jeune agent, avait saisi l'occasion pour le traiter de pédé. Jamais Margellon n'avait dit quelque chose d'intelligent, jamais. Et Danglard avait besoin d'intelligence comme de boire. Il avait haussé les épaules, en pensant fugitivement qu'il regrettait d'ailleurs que Margellon n'ait pas raison, parce qu'il avait pas mal de déboires avec les femmes et qu'il pensait que les hommes auraient été moins regardants ; qu'il entendait dire que les hommes étaient des salauds, que dès qu'ils avaient couché avec une femme ils la jaugeaient, mais les femmes c'était pire, elles refusaient de coucher avec vous si ça ne leur convenait pas exactement. Comme ça, non seulement on est évalué et pesé, mais en plus on n'a couché avec personne.

C'est triste.

C'est dur, les filles. Et Danglard, il en connaissait des filles qui l'avaient mesuré et qui n'avaient pas voulu de lui. À en chialer des fois. Quoi qu'il en soit, il savait que la sérieuse Florence avait raison en ce qui touchait Adamsberg, et Danglard se laissait jusqu'ici saisir par le charme de cet homme qu'il dépassait de deux têtes. Il commençait un peu à comprendre que l'envie diffuse qui vous prenait de lui raconter quelque chose pouvait expliquer que tant d'assassins lui avaient détaillé leurs massacres, comme ça, par mégarde pourrait-on dire. Comme ça, pour parler à Adamsberg.

Danglard, qui avait un bon coup de crayon, comme on lui disait, caricaturait ses collègues. Ce qui fait qu'il s'y connaissait un peu en visages. La gueule de Castreau, il ne l'avait pas ratée par exemple. Mais d'avance, il savait qu'il ne s'attellerait pas au visage d'Adamsberg, parce que c'était comme si soixante visages s'y étaient entrechoqués pour le composer. Parce que le nez était trop grand, parce que la bouche était tordue, mobile, sans doute sensuelle, parce que les yeux étaient flous et tombants, parce que les os du léger maxillaire étaient trop apparents, ça semblait un cadeau que d'avoir à caricaturer cette gueule hétéroclite, née d'un véritable bric-à-brac au mépris de toute harmonie un peu classique. On pouvait envisager que Dieu s'était trouvé en panne sèche de matière première quand il avait fabriqué Jean-Baptiste Adamsberg, et qu'il avait dû racler les fonds de tiroirs, recoller des morceaux qui n'auraient jamais dû se trouver ensemble si Dieu avait disposé de bon matériel ce jour-là. Mais du coup, il semblait que Dieu, conscient du problème, s'était donné de la peine en échange, et même beaucoup de peine, et qu'il avait fait un coup magistral en réussissant de manière inexplicable ce visage. Et Danglard, qui de mémoire n'avait jamais vu une tête pareille, pensait que la résumer en trois coups de plume eût été une trahison, et qu'au lieu que ses traits rapides en extrairaient l'originalité, ils fassent à l'inverse disparaître sa lumière.

Ce qui fait qu'en ce moment, Danglard songeait à ce qui pouvait bien se trouver dans les fonds de tiroirs de Dieu.

— Est-ce que vous m'écoutez ou est-ce que vous vous endormez? demanda Adamsberg. Parce que j'ai remarqué que j'endors parfois les gens, d'un sommeil véritable. Peut-être parce que je ne parle pas assez fort, ou pas assez vite, je ne sais pas. Vous vous souvenez? J'en étais au chien qui avait basculé. J'ai détaché ma gourde en fer de ma ceinture et j'ai tapé fort sur la tête du petit môme.

« Et puis je suis parti chercher ce gros crétin de chien. J'ai mis trois heures à l'atteindre. De toute façon il était mort. La chose importante de cette histoire, Danglard, c'est l'évidence de cruauté qu'il y avait chez le petit môme. Je savais depuis longtemps que quelque chose n'allait pas chez lui, et c'était ça qu'il avait, la cruauté.

« Je vous assure qu'il avait un visage normal, qu'il n'avait pas les ailes du nez tirées. C'était au contraire un beau garçon, mais il suait la cruauté. Ne m'en demandez pas plus, je ne sais rien d'autre, sauf que huit ans après, il a écrasé une grand-mère sous une horloge. Et que la plupart des meurtres prémédités exigent, outre du chagrin, outre de l'humiliation, outre de la névrose, outre tout ce que vous voulez, de la cruauté, du plaisir pris dans la souffrance, dans la supplication et l'agonie de l'autre, du plaisir à déchirer. C'est vrai, ça ne se voit pas toujours tout de suite chez quelqu'un, mais on ressent au moins que quelque chose ne va pas dans cette personne, qu'elle génère quelque chose en trop, une excroissance. Et parfois, c'est la cruauté, vous comprenez ce que je veux dire? Une excroissance.

— C'est opposé à mes principes, dit Danglard, un peu fermé. Je ne raffole pas des principes, mais je ne crois pas qu'il y ait des êtres marqués par ceci ou cela, comme les vaches qui ont des signets dans les oreilles, et que c'est comme ça, à l'intuition, qu'on désigne les assassins. Je sais, je dis des choses banales et pauvres, mais c'est sur les indices qu'on s'oriente et c'est sur les preuves qu'on condamne. Les sensations sur les excroissances, ça m'épouvante, c'est la route de la dictature de la subjectivité et des erreurs judiciaires.

— Vous en faites des discours, Danglard. Je n'ai pas dit que ça se voyait sur le visage, j'ai dit que c'était quelque chose de monstrueux qui suppurait depuis le fond de l'être. C'est une suppuration, Danglard, et je la vois parfois suinter. Je l'ai vue se promener sur la bouche d'une jeune fille, comme j'aurais vu courir un cancrelat sur cette table. Je ne peux pas m'empêcher de le savoir, quand quelque chose ne va pas dans quelqu'un. Il peut s'agir de la jouissance du crime, mais aussi d'autres choses, de choses moins graves. Il y en a qui ne sécrètent que leur ennui, ou leur chagrin d'amour, et ça se reconnaît aussi, Danglard, ça se respire, si c'est l'un ou si c'est l'autre. Mais quand c'est l'autre chose, vous savez, cette chose du crime, alors, je crois que je le sais aussi.

Danglard leva la tête, et son corps était moins mou que d'habitude.

— Il n'empêche que vous croyez voir des choses sur les gens, que vous croyez voir des cancrelats sur les lèvres, que vous croyez que vos impressions sont des révélations, parce que ce sont les vôtres, et vous croyez que les êtres suppurent, et c'est faux. La vérité, qui est elle aussi pauvre et banale, c'est que tous les hommes sont haineux comme ils sont chevelus, et qu'ils peuvent tous rater une marche et tuer. J'en suis certain. Tous les hommes peuvent violer et tuer et toutes les femmes peuvent couper des jambes, comme celle de la rue Gay-Lussac le mois dernier. Ça dépend juste de ce qu'on a vécu, ça dépend juste de l'envie qu'on a de se perdre dans les vases grises et d'entraîner du monde avec. Ce n'est pas nécessaire de suppurer de naissance pour souhaiter écraser la terre entière en prix de sa nausée.

— Je vous avais dit, Danglard, dit Adamsberg les sourcils froncés, en interrompant son dessin, qu'après l'histoire du gros chien, vous me trouveriez détestable.

— Disons dangereux, bougonna Danglard. Faut pas se croire aussi fort.

— Il n'y a rien de fort à voir des cancrelats remuer. Ce que je vous raconte, je n'y peux rien. Pour ma vie, c'est même un cataclysme. Pas une fois je ne me suis trompé sur le compte de quelqu'un, à savoir s'il était debout, couché, triste, intelligent, inauthentique, déchiré, indifférent, dangereux, timide, tout cela, vous comprenez, pas une fois ! Est-ce que vous imaginez ce que ça peut avoir de pénible ? Je supplie des fois pour que des gens me surprennent, quand je commence à entrevoir la fin dès le commencement. Dans ma vie, je n'ai pour ainsi dire connu que des commencements, toujours fou d'espoir. Et très vite, la fin se dessinait devant mes yeux, comme dans un film morose où vous devinez qui va tomber amoureux de qui et qui va avoir un accident. Alors vous regardez quand même le film, mais c'est trop tard, vous vous emmerdez.

— Admettons que vous êtes intuitif, dit Danglard. Le flair du flic, c'est tout ce que je vous accorde. Mais même ça, on n'a pas le droit de s'en servir, c'est trop risqué, c'est trop odieux. Non, même après vingt ans, on ne connaît jamais les autres.

Adamsberg posa son menton sur sa paume. La fumée de sa cigarette lui fit briller les yeux.

— Ôtez-moi cette connaissance, Danglard. Débarrassez-m'en, c'est tout ce que j'attends.

— Les hommes, c'est pas des bestioles, continua Danglard.

— Non. Je les aime, et je me fous des bestioles, de ce qu'elles pensent, de ce qu'elles veulent. Pourtant ça veut des trucs aussi, les bestioles, il n'y a pas de raison.

— C'est vrai, admit Danglard.

— Avez-vous commis une erreur judiciaire, Danglard ?

— Vous avez lu mon dossier ? dit Danglard en regardant de côté Adamsberg qui fumait et crayonnait.

— Si je vous dis que non, vous allez me reprocher de jouer au magicien. Et pourtant je ne l'ai pas lu. Qu'est-ce qui s'était passé ?

— Une jeune fille. Il y avait eu un casse dans la bijouterie où elle travaillait. J'ai mis toute ma conviction à démontrer sa complicité. C'était évident, justement. Ses manières, ses dissimulations, ses perversités, enfin, mon flair de flic, hein ? Elle a pris trois ans, et elle s'est tuée deux mois après dans sa cellule, d'une manière assez horrible. Mais elle n'y était pour rien dans le casse, on l'a su très peu de jours après. Alors, moi, maintenant, l'intuition de merde, et vos cancrelats de merde sur les bouches des jeunes filles, c'est fini. À dater de ce jour, j'ai troqué les subtilités et les intimes convictions contre les indécisions et les banalités publiques.

Danglard se leva.

— Attendez, dit Adamsberg. Le beau-fils Vernoux, n'oubliez pas de le convoquer.

Adamsberg marqua une pause. Il était embarrassé. Sa décision tombait mal après ce genre de discussion. Il poursuivit un ton plus bas :

— Et puis placez-le en garde à vue.

— Ce n'est pas sérieux, commissaire ? dit Danglard.

Adamsberg attrapa sa lèvre inférieure avec ses dents.

— Sa petite amie le protège. Je suis certain qu'ils n'étaient pas ensemble au restaurant le soir du meurtre, même si leurs deux versions concordent. Questionnez-les encore l'un après l'autre : combien de temps s'est écoulé entre le premier plat et le deuxième plat ? Est-ce qu'un guitariste est venu jouer quelque chose dans la salle ? Où la bouteille de vin était-elle posée sur la table, à droite, à gauche ? Quel vin ? Quelle forme avaient les verres ? Quelle couleur avait la nappe ? Ainsi de suite jusqu'à perte de détails. Ils se couperont, vous verrez. Et puis dressez l'inventaire des paires de chaussures du garçon. Renseignez-vous auprès de la femme de ménage que lui paie sa mère. Il doit en manquer une paire, celle qu'il portait le soir du meurtre, parce que le terrain est boueux autour de l'entrepôt à cause du chantier de travaux publics à côté, qui extrait une argile collante comme du mastic. Il n'est pas sot, le jeune homme, il a dû s'en débarrasser. Faites toujours chercher dans les égouts près de son domicile, il a pu parcourir les derniers mètres en chaussettes, entre la bouche d'égout et sa porte.

— Si je comprends bien, dit Danglard, à vos sens, le pauvre type suppure ?

— Je crains que oui, dit Adamsberg à voix basse.

— Et il suppure quoi ?

— La cruauté.

— Et ça vous semble évident ?

— Oui, Danglard.

Mais ces mots étaient presque inaudibles.

*
* *

Après le départ de l'inspecteur, Adamsberg attrapa la pile des journaux qu'on lui avait préparés. Il trouva dans trois d'entre eux ce qu'il cherchait. Le phénomène ne prenait pas encore de grandes proportions dans la presse, mais il était certain que ça viendrait.

23

Il découpa sans beaucoup de soin une petite colonne qu'il posa devant lui. Il lui fallait toujours beaucoup de concentration pour lire, et s'il arrivait qu'il doive le faire à haute voix, c'était pire. Adamsberg avait été un mauvais élève, n'ayant jamais bien compris le motif pour lequel on le faisait aller en classe, mais s'efforçant à faire semblant de travailler aussi gentiment qu'il le pouvait pour ne pas attrister ses parents, et pour que, surtout, ils ne découvrent jamais qu'il s'en foutait. Il lut :

« Plaisanterie ou manie d'un philosophe à la manque ? En tous les cas, les cercles à la craie bleue continuent de pousser comme de la mauvaise herbe sur les trottoirs, dans la nuit de la capitale, commençant à piquer au vif la curiosité des intellectuels parisiens. Leur rythme s'accélère. Soixante-trois cercles ont déjà été découverts, depuis les premiers qui furent repérés il y a quatre mois, dans le 12e arrondissement. Cette nouvelle distraction, qui prend des allures de jeu de piste, offre un sujet de conversation inédit à ceux qui n'ont rien d'autre à se dire dans les cafés. Et comme il y en a beaucoup, cela fait qu'on en parle partout… »

Adamsberg s'interrompit pour filer droit à la signature de l'article. C'est ce crétin, murmura-t-il, faut pas en attendre la lune.

« … Ce sera bientôt à qui aura l'honneur de trouver un cercle devant sa porte en partant travailler le matin. Plaisantin cynique ou bien cinglé authentique, si la gloire le tente, l'auteur des cercles bleus ne rate pas son but. C'est à dégoûter ceux qui s'épuisent toute une vie pour se faire une renommée, quand celui-ci nous démontre qu'il suffit d'un bout de craie et de quelques rondes nocturnes pour être en passe de devenir le plus célèbre personnage de Paris de l'année 1990. Nul doute que la télévision l'inviterait pour figurer dans "Les phénomènes culturels de la fin du IIe millénaire", si on parvenait à mettre la main sur lui. Mais voilà, c'est un vrai fantôme. Personne ne l'a encore surpris à tracer ses larges cercles bleus sur le bitume. Il ne le fait pas toutes les nuits et choisit n'importe quel quartier de Paris. Soyons assurés que nombre de noctambules le traquent déjà pour le simple plaisir. Bonne chasse. »

Un article plus fin était paru dans un journal de province.

« Paris aux prises avec un inoffensif maniaque.

« Tout le monde s'en amuse, mais le fait est pourtant curieux. Depuis plus de quatre mois dans la nuit de Paris, quelqu'un, un homme croit-on, trace un grand cercle à la craie bleue, de près de deux mètres de diamètre, autour d'un débris trouvé sur le trottoir. Les seules "victimes" de cette étrange obsession sont les objets que ce personnage enferme dans ses cercles, toujours en exemplaire unique. La soixantaine de cas qu'il a déjà fournis permet d'en dresser une liste singulière : douze capsules de bière, une cagette de légumes, quatre trombones, deux chaussures, une revue, un sac en cuir, quatre briquets, un mouchoir, une patte de pigeon, un verre de lunettes, cinq carnets, un os de côtelette d'agneau, une recharge de stylo à bille, une boucle d'oreille, une crotte de chien, un éclat de phare de voiture, une pile, une canette de Coca, un fil de fer, une pelote de laine, un porte-clefs, une orange, un tube de Carbophos, une plaque de vomi, un chapeau, le contenu d'un cendrier de voiture, deux livres (*La Métaphysique du réel* et *Cuisiner sans rien faire*), une plaque minéralogique, un œuf écrasé, un badge portant la mention "J'aime Elvis", une pince à épiler, une tête de poupée, une branche d'arbre, un maillot de corps, une pellicule de photos, un yaourt à la vanille, une bougie et un bonnet de piscine. Énumération fastidieuse mais révélatrice des trésors inattendus que réservent les trottoirs de la ville à celui qui les cherche. C'est parce que le psychiatre René Vercors-Laury s'est intéressé aussitôt à ce cas en tentant d'y apporter ses lumières, que l'on parle maintenant de "l'objet revisité", et que l'homme aux cercles devient une affaire mondaine dans toute la capitale, faisant passer dans l'oubli les "taggers" qui doivent faire triste mine de voir leurs graffitis confrontés à une si sévère concurrence. Chacun cherche sans trouver quelle peut bien être la pulsion qui anime l'homme aux cercles bleus. Car ce qui intrigue le plus, c'est qu'autour de chaque cercle la main trace d'une belle écriture penchée, celle d'un homme cultivé paraît-il, cette phrase qui plonge les psychologues dans un abîme de questions : "Victor, mauvais sort, que fais-tu dehors ?" »

Une photo ratée illustrait le texte.

Le troisième article enfin était moins précis et très court, mais il signalait la découverte de la nuit dernière, rue Caulaincourt : dans le grand cercle bleu se trouvait une souris crevée, et on avait écrit autour du cercle, comme d'habitude : « Victor, mauvais sort, que fais-tu dehors ? »

Adamsberg fit une grimace. C'était exactement ce qu'il pressentait.

Il glissa les articles sous le pied de sa lampe et il décida d'avoir faim, sans savoir l'heure qu'il était. Il sortit, suivit longtemps des rues encore peu familières, acheta un pain à quelque chose, un truc à boire, des cigarettes, et il revint avec lenteur vers le commissariat. Dans la poche de son pantalon, il sentait à chaque pas se froisser la lettre de Christiane qu'il avait reçue ce matin. Elle écrivait sur un papier renforcé et luxueux, qui était très gênant dans les poches. Adamsberg n'aimait pas ce papier.

Il fallait qu'il l'informe de sa nouvelle adresse. Elle n'aurait pas trop de mal à venir souvent puisqu'elle travaillait à Orléans. Mais elle donnait à entendre dans sa lettre qu'elle cherchait un poste à Paris. À cause de lui. Il secoua la tête. Il y penserait plus tard. Depuis qu'il la connaissait, six mois peut-être, c'était toujours comme ça, il s'arrangeait pour y penser plus tard. Pas bête comme fille, très futée même, mais un peu attendue aux virages de quelques idées toutes faites. C'était dommage bien entendu, mais pas trop grave, parce que le défaut était léger et qu'il ne fallait pas rêver l'impossible. Et puis l'impossible, la brillance, le non-prévisible, la peau très douce, le mouvement perpétuel entre gravité et futilité, il l'avait connu une fois, il y avait huit ans, avec Camille et son ouistiti idiot, Richard III, qu'elle allait faire pisser dans la rue, en disant aux passants qui se plaignaient: «Richard III, il faut qu'il pisse dehors. »

Souvent, le petit singe, qui sentait l'orange, on ne sait pas pourquoi parce qu'il n'en mangeait pas, s'installait sur eux et faisait semblant de leur chercher des poux sur les bras, avec la gueule concentrée, les gestes appliqués et précis. Camille, lui, et Richard III grattouillant des proies invisibles sur ses poignets. Mais elle s'était échappée, sa petite chérie. Et lui, le flic, il n'avait jamais été foutu capable de remettre la main dessus, tout le temps qu'il l'avait cherchée, une année entière, une si longue année, et puis après sa sœur lui avait dit: «Tu n'as pas le droit, fous-lui la paix. » La petite chérie, se répéta Adamsberg. «Tu voudrais la revoir?», lui avait demandé sa sœur. Seule la dernière de ses cinq sœurs osait parler de la petite chérie. Il avait souri pour dire: « De toute mon âme, oui, au moins une heure avant de crever. »

Adrien Danglard l'attendait au bureau, un verre en plastique à la main avec du vin blanc dedans, et des sentiments mélangés sur son visage.

— Il manque les bottes du garçon Vernoux, commissaire. Des bottes basses à boucles.

Adamsberg ne dit rien. Il essayait de respecter le mécontentement de Danglard.

— Je n'ai pas voulu vous faire une démonstration ce matin, lui dit-il, je n'y peux rien si c'est le fils Vernoux qui a tué. Avez-vous cherché les bottes ?

Danglard posa un sac en plastique sur la table.

— Les voilà, soupira-t-il. Le labo a déjà commencé, mais rien qu'à l'œil, c'est bien de l'argile du chantier sur les semelles, si collante que l'eau de l'égout ne l'a pas lavée. Très belles chaussures. Dommage.

— C'était bien dans l'égout ?

— Oui, à vingt-cinq mètres en aval de la bouche la plus proche de chez lui.

— Vous travaillez vite, Danglard.

Il y eut un silence entre les deux hommes. Adamsberg se mordait les lèvres. Il avait repris une cigarette, un bout de crayon dans le fond de sa poche, et appuyé un petit papier sur ses genoux. Il pensait : « Ce type va me faire un discours, il est vexé, il est choqué, je n'aurais jamais dû lui raconter l'histoire du gros chien qui bavait, jamais dû lui dire que Patrice Vernoux suppurait la cruauté comme le petit môme de la Montagne. »

En fait non. Adamsberg regarda son collègue. Le long corps mou de Danglard, prenant sur la chaise la forme d'une bouteille en train de fondre, était pacifique. Il avait mis ses grandes mains dans les poches de son beau costume, il avait posé son verre par terre, il avait le regard dans le vide, et même comme ça, Adamsberg voyait qu'il était salement intelligent. Danglard dit :

— Je vous félicite, commissaire.

Puis il se leva, comme il l'avait fait tout à l'heure, en pliant d'abord le haut de son corps en avant, ensuite en relevant les fesses, ensuite enfin en se redressant.

— Il faut que je vous dise, ajouta-t-il, le dos à moitié tourné, après quatre heures de l'après-midi, il paraît que je ne vaux pas grand-chose, autant que vous le sachiez. Si vous avez des trucs à me demander, faites-le le matin. Et pour la poursuite, le tir, la chasse à l'homme et autres foutaises, ce n'est même pas la peine, j'ai la main qui tremble et les genoux qui se déglinguent. À part ça, on peut se servir de mes jambes et de ma tête. Je crois que ma tête n'est pas trop mal fabriquée, même si elle me paraît très différente de la vôtre. Un collègue doucereux m'a dit un jour que si j'étais encore inspecteur, avec ce que je descendais comme vin blanc, c'était grâce à la bienveillance borgne de quelques supérieurs, et parce que j'avais réalisé l'exploit d'avoir deux fois deux jumeaux, ce qui fait quatre enfants si on compte bien, que j'élève seul puisque ma femme est partie avec son amant étudier les statues de l'île de Pâques. Moi, quand j'étais nouveau-né, c'est-à-dire quand j'avais vingt-cinq ans, je voulais écrire *les Mémoires d'outre-tombe*, ou rien. Je ne vous étonne pas si je vous dis que ça a tourné autrement. Bien. Je vous reprends les bottes, je vais voir Patrice Vernoux et sa petite amie, ils m'attendent à côté.

— Je vous aime bien, Danglard, dit Adamsberg tout en griffonnant.

— Je crois que je le sais, dit Danglard en ramassant son verre.

— Demandez au photographe de se libérer demain matin et accompagnez-le. Je veux une description et des clichés précis du cercle à la craie bleue qui sera peut-être tracé la nuit prochaine dans Paris.

— Du cercle ? Vous voulez parler de cette histoire de ronds autour de capsules de bière ? « Victor mauvais sort que fais-tu dehors » ?

— C'est de ça que je veux parler, Danglard. Exactement de ça.

— Mais c'est stupide… Qu'est-ce que…

Adamsberg secoua la tête avec impatience.

— Je sais, Danglard, je sais. Mais faites-le. Je vous en prie. Et n'en parlez à personne pour l'instant.

Ensuite, Adamsberg termina le croquis qui était en route sur ses genoux. Il entendait des éclats de voix dans le bureau contigu. La petite amie de Vernoux craquait. Elle n'y était pour rien dans le meurtre du vieux négociant, c'était évident. Sa seule erreur de jugement, mais qui pouvait aller loin, c'était d'avoir assez aimé Vernoux, ou d'avoir été assez docile, pour couvrir son mensonge. Le pire pour elle, ça n'allait pas être au tribunal, mais c'était en ce moment, la découverte de la cruauté dans son amant.

Qu'est-ce qu'il avait bien pu avaler à midi qui lui donnait si mal au ventre ? Impossible de s'en souvenir. Il décrocha son téléphone pour obtenir un rendez-vous avec le psychiatre René Vercors-Laury. Demain onze heures, proposa la secrétaire. Il avait dit son nom, Jean-Baptiste Adamsberg, et ça avait ouvert les portes. Il n'était pas encore habitué à cette forme de célébrité. Pourtant ça durait depuis un bon moment. Mais Adamsberg avait l'impression de n'avoir aucun rapport avec son image publique, ce qui fait que ça le dédoublait. Mais comme depuis son enfance il s'était déjà souvent senti deux, Jean-Baptiste d'un côté et Adamsberg de l'autre, qui regardaient faire Jean-Baptiste, lui collaient aux trousses en ricanant, ça faisait que maintenant, ils étaient trois : Jean-Baptiste, Adamsberg et l'homme public, Jean-Baptiste Adamsberg. Sainte et déchirée Trinité. Il se leva pour aller prendre un café dans la pièce à côté, où il y avait un distributeur, avec souvent Margellon devant. Mais en ce moment, ils y étaient presque tous, avec une femme qui semblait mettre un sacré foutoir, et à qui Castreau disait avec patience: «Il faut vous en aller, madame.»

*
* *

Adamsberg se servit un café et regarda: la femme parlait à voix rauque, elle était énervée, triste aussi. C'était visible, ces flics l'emmerdaient. Elle était habillée en noir. Adamsberg trouva qu'elle avait une tête d'Égyptienne, ou de n'importe quoi qui donne ces magnifiques visages busqués et sombres qu'on n'oublie jamais et qu'on emporte partout, un peu comme la petite chérie.

Castreau lui disait maintenant:

— Ce n'est pas une agence de renseignements ici, madame, soyez aimable, partez, allez, partez maintenant.

Elle n'était plus jeune, Adamsberg lui donna de quarante-cinq à soixante ans. Ses mains étaient brunes, violentes, les ongles courts, les mains d'une femme qui avait dû passer sa vie ailleurs, à chercher quelque chose avec elles.

— À quoi ça sert alors les flics? disait la femme en secouant ses cheveux noirs, coupés sur les épaules. Un petit effort, un petit conseil, vous n'allez pas en crever, non? Moi je vais mettre dix ans à le trouver, là où ça ne vous prendrait qu'une journée!

Cette fois, Castreau perdit son calme.

— Vos salades, j'en ai rien à foutre! cria-t-il. Il n'est pas inscrit aux personnes disparues, votre type, non? Bon, alors fichez-moi le camp, on n'est pas chargés de faire les petites annonces! Et si vous continuez votre esclandre, j'appelle le supérieur !

Adamsberg était adossé au mur du fond.

— Je suis le supérieur, dit-il sans bouger.

Mathilde se retourna. Elle vit cet homme aux yeux tombants qui la regardait avec une douceur peu commune, sa chemise entrée d'un côté dans un pantalon noir, et sortie de l'autre, elle vit que ce maigre visage ne collait pas avec ces mains volées à une statue de Rodin, et elle comprit que ça allait aller mieux, la vie.

Se décollant un peu du mur, Adamsberg poussa la porte de son bureau et lui fit signe d'entrer.

— C'est vrai, admit Mathilde en s'asseyant, vous n'êtes pas une agence de renseignements. Ma journée, elle est mal partie. Hier, avant-hier, pas mieux. Ça fait donc une tranche de semaine foutue. Je vous souhaite d'avoir passé une meilleure tranche que moi.

— Une tranche ?

— À mon idée, lundi-mardi-mercredi, ça fait une tranche de semaine, la tranche 1. Ce qui arrive dans la tranche 1 est d'un genre assez différent de ce qui arrive dans la tranche 2.

— Jeudi-vendredi-samedi ?

— Voilà. Si on regarde bien, on voit plus de surprises sérieuses dans la tranche 1, en général, je dis bien en général, et plus de précipitation et d'amusement dans la tranche 2. Question de rythme. Ça n'alterne jamais, à la différence des stationnements pour voitures dans certaines rues, où pendant une quinzaine on a le droit de se garer, et pendant la suivante on n'a plus le droit. Pourquoi ? Pour reposer la rue ? Pour faire jachère ? Mystère. En tous les cas, avec les tranches de semaine, ça ne change jamais. Tranche 1 : on s'intéresse, on croit à des machins, on trouve des trucs. Drame et miracle anthropiques. Tranche 2 : on ne trouve rien du tout, on apprend zéro, dérisoire de la vie et compagnie. Dans la tranche 2, il y a beaucoup de n'importe qui avec n'importe quoi, et on boit pas mal, alors que la tranche 1, c'est plus important, c'est évident. Pratiquement, une tranche 2, ça ne peut pas se rater, ou disons que ça ne tire pas à conséquence. Mais une tranche 1, quand on la bousille comme celle de cette semaine, ça fout un coup. Ce qui s'est passé aussi, c'est qu'au café, c'était de la palette aux lentilles au menu. La palette aux lentilles, ça me fout le bourdon. C'est la désespérance. Et ça, en pleine fin de tranche 1. C'était pas de chance, cette foutue palette.

— Et le dimanche ?

— Alors là, le dimanche, c'est la tranche 3. À elle seule la journée compte pour une tranche complète, c'est dire comme c'est grave. La tranche 3, c'est la débandade. Si vous conjuguez une palette aux lentilles et une tranche 3, en vérité il n'y a plus qu'à mourir.

— Où on en était ? demanda Adamsberg, qui avait l'impression soudaine et pas désagréable de s'égarer plus encore en cette femme qu'en lui-même.

— On n'en était nulle part.

— Ah oui, c'est ça, nulle part.

— Ça me revient, dit Mathilde. Comme ma tranche 1 était donc à peu près foutue, en passant devant votre maison de police, j'ai pensé que foutue pour foutue, je pouvais bien tenter ma chance. Mais vous voyez, essayer de sauver une tranche 1 sur sa fin, c'est tentant, mais ça ne donne rien de bon. Vous, c'était bien ?

— Pas mal, reconnut Adamsberg.

— Et moi, la tranche 1 de la semaine dernière, vous auriez vu ça, formidable !

— Qu'est-ce qu'il y a eu ?

— Je ne peux pas résumer ça comme ça, il faudrait que je voie mes carnets. Enfin, demain c'est la tranche 2, on va pouvoir un peu lâcher la bride.

— Demain, je vois un psychiatre. C'est un bon début pour une tranche 2 ?

— Bon sang, c'est pour vous ? dit Mathilde. Non, je suis idiote, c'est impossible. J'imagine que même si vous aviez la manie de pisser contre tous les réverbères des trottoirs de gauche, vous vous diriez « advienne que pourra et Dieu fasse durer les réverbères et les trottoirs de gauche », mais vous n'iriez pas vous demander pourquoi chez un psychiatre. Et puis merde, je parle trop. J'en ai assez. Je me fatigue moi-même.

Mathilde lui prit une cigarette en disant « Je peux ? » et en ôta le filtre.

— Peut-être allez-vous voir le psychiatre pour l'homme aux cercles bleus, ajouta-t-elle. Ne me regardez pas comme ça, je n'ai rien espionné vous savez : c'est que les coupures de journaux sont là, sous le pied de votre lampe, donc forcément, je me demande...

— C'est vrai, reconnut Adamsberg, c'est pour lui. Pourquoi êtes-vous entrée au commissariat ?

— Je cherche un type que je ne connais pas.

— Alors pourquoi le cherchez-vous ?

— Parce que je ne le connais pas, cette question !

— Bien sûr, dit Adamsberg.

— J'étais en train de suivre une femme dans la rue, et puis je l'ai perdue. Alors j'ai un peu traîné au café et c'est comme ça que j'ai rencontré l'aveugle beau. C'est incroyable ce qu'il peut y avoir de gens sur les trottoirs. On ne sait plus où donner de la tête, il faudrait suivre tout le monde pour bien faire. On a discuté un moment, l'aveugle beau et moi, de quoi, je n'en sais rien, il faudrait voir mes carnets, et en fin de compte il m'a plu, cet homme. D'ordinaire, quand quelqu'un m'a plu, je ne me fais pas de souci, je suis certaine de le rencontrer à nouveau. Et là, rien. Le mois dernier, j'ai fait vingt-huit filatures et neuf planques. J'ai rempli deux carnets et demi. Ça donne quand même le

34

temps de voir du pays, n'est-ce pas ? Eh bien rien, pas le plus petit bout de l'aveugle. C'est le genre d'échec dur à avaler. Il s'appelle Charles Reyer et c'est tout ce que je sais de lui. Dites-moi, vous crayonnez tout le temps ou quoi ?

— Tout le temps.

— Je suppose qu'on ne peut pas regarder.

— C'est vrai. On ne peut pas.

— C'est amusant, quand vous vous tournez sur votre chaise. Votre profil gauche est âpre et votre profil droit est tendre. Ce qui fait que, si vous voulez inquiéter un suspect, vous vous tournez comme ça, ou si vous voulez l'émouvoir, vous vous tournez dans l'autre sens.

Adamsberg sourit.

— Et si je me tourne tout le temps dans un sens et puis dans un autre ?

— Alors on sait plus où on en est. L'enfer et le paradis.

Mathilde éclata de rire. Et puis elle se ravisa.

— Non, dit-elle à nouveau, je parle trop. Je me fais honte. « Mathilde, tu parles à tort et à travers », me dit un ami philosophe. « Oui, je réponds, mais comment parle-t-on à raison et à droit ? »

— Si on tentait le coup ? dit Adamsberg. Vous travaillez ?

— Vous n'allez pas me croire. Je m'appelle Mathilde Forestier.

Adamsberg rentra son crayon dans sa poche.

— Mathilde Forestier, répéta-t-il. Alors vous êtes cette océanographe de renom… Est-ce que c'est ça ?

— C'est ça, mais il ne faut pas que ça vous empêche de crayonner. Moi aussi je sais qui vous êtes, j'ai lu votre nom sur la porte, et votre nom, tout le monde le connaît. Et ça ne m'empêche pas de faire du tort et du travers, en pleine fin de tranche 1 en plus.

— Si je trouve l'aveugle beau, je vous le dirai.

— Pourquoi ? À qui voulez-vous faire plaisir ? demanda Mathilde soupçonneuse. À moi, ou bien à l'océanographe de renom qui a son nom dans les journaux ?

— Ni à l'une ni à l'autre. À la femme que j'ai fait entrer dans mon bureau.

— Ça me va, dit Mathilde.

Elle resta un moment sans rien dire, comme si elle hésitait à prendre une décision. Adamsberg avait ressorti cigarette et papier. Non, il n'oublierait pas cette femme-là, ce bout de la beauté du monde sur le point de se rompre. Et il était incapable de savoir à l'avance ce qu'elle allait lui dire.

— Vous savez, reprit soudain Mathilde, c'est à la tombée de la nuit que les choses se passent, dans l'océan comme dans la ville. Tout s'y lève, ceux qui ont faim et ceux qui ont mal. Et ceux qui cherchent, comme vous, Jean-Baptiste Adamsberg, se lèvent aussi.

— Vous croyez que je cherche ?

— Sans aucun doute, et pas mal de choses en même temps encore. Ainsi, l'homme aux cercles bleus sort quand il a faim. Il rôde, il épie, et soudain, il trace. Moi, je le connais. Je l'ai cherché, depuis le tout début, et je l'ai trouvé, le soir du briquet, le soir de la tête de la poupée en plastique. Hier soir encore, rue Caulaincourt.

— Comment avez-vous réussi ça ?

— Je vous le dirai, ce n'est pas important, ce sont des trucs à moi. Et c'est drôle, on dirait presque qu'il me laisse un peu faire, l'homme aux cercles, comme s'il s'apprivoisait de loin. Si vous voulez le voir un soir, venez me trouver. Mais juste le voir de loin, pas l'approcher, pas l'emmerder. Ce n'est pas au flic de renom que je propose mon secret, c'est à l'homme qui m'a fait entrer dans son bureau.

— Ça me va, dit Adamsberg.

— Mais pourquoi l'homme aux cercles bleus? Il n'a rien fait de grave. Pourquoi vous intéresse-t-il?

Adamsberg leva le visage vers Mathilde.

— Parce qu'un jour, ça grossira. La chose dans le cercle, petit à petit, ça grossira. Ne me demandez pas, vous, comment je le sais, je vous en prie, parce que je n'en sais rien, mais c'est inévitable.

Il secoua la tête et écarta les cheveux qu'il avait dans les yeux.

— Oui, elle grossira, la chose.

Adamsberg décroisa ses jambes et se mit à organiser sans précision les papiers sur son bureau.

— Je ne peux pas vous interdire de le suivre, ajouta-t-il. Mais je vous le déconseille. Soyez sur vos gardes, faites attention à vous. N'oubliez pas.

Il avait l'air mal à l'aise, comme si sa propre conviction lui donnait mal au cœur. Mathilde sourit et le laissa.

En sortant peu après, Adamsberg prit Danglard par l'épaule et lui dit à voix basse:

— Dès demain matin, tâchez de savoir s'il y a eu un nouveau cercle pendant la nuit. Et étudiez-le bien à fond, je vous fais confiance. Je lui ai dit à cette femme, qu'elle prenne garde: la chose grossira, Danglard. Depuis un mois, les cercles deviennent plus nombreux. Ça s'accélère. Il y a là-dedans quelque chose d'immonde, vous ne le sentez pas?

Danglard réfléchit. Il répondit en hésitant:

— Juste malsain peut-être… Mais ce n'est peut-être qu'une vaste farce…

— Non Danglard, non. C'est la cruauté qui suinte dans ces cercles.

*
* *

Charles Reyer sortait lui aussi de son bureau. Il en avait assez de travailler pour les aveugles, de vérifier l'impression et la perforation de tous ces sales bouquins en braille, de ces milliards de trous minuscules qui parlaient à la peau de ses doigts. Il en avait surtout assez d'essayer de faire désespérément l'original sous prétexte qu'il avait perdu la vue et qu'il voulait devenir exceptionnel pour faire oublier ça. Tiens, comme avec cette femme chaleureuse de l'autre fois, celle qui l'avait accosté au *Café Saint-Jacques*. Elle était intelligente, cette femme, un peu désaxée sans doute, encore qu'il en doutât, mais aimante, vivante, c'était évident. Et lui, qu'est-ce qu'il avait fait ? Lui, il avait essayé de faire l'original, comme d'habitude. De faire des phrases pas ordinaires, de dire des choses pas courantes, dans le seul but qu'on pense, tiens, ce type-là, d'accord il est aveugle, mais il n'est pas ordinaire.

Et elle avait marché, la femme. Elle avait essayé de jouer le jeu, de répondre aussi vite que possible à ses alternances de confidences feintes et de mufleries. Mais elle, elle avait été sincère, elle avait raconté l'histoire du requin comme ça, expansive, sensible, serviable, voulant regarder ses yeux pour lui dire comment c'était. Mais lui, uniquement préoccupé de l'effet sensationnel qu'il voulait produire, il brisait tous les élans du cœur en se faisant passer pour un penseur clairvoyant et cynique. Non, vraiment, Charles, pensa-t-il, tu es mal parti. Avec toutes ces fumisteries, tu n'es même plus capable de juger si tu as quelque chose de juste dans la tête.

Et qu'est-ce que c'est que cette façon de marcher à côté des gens dans la rue pour leur faire peur, pour exercer sur eux ce pauvre pouvoir, ou de s'approcher d'eux aux feux rouges avec ta canne blanche et de leur demander « Voulez-vous que je vous aide à traverser ? », pour les gêner, bien entendu, et puis pour profiter de ton statut d'intouchable. Les pauvres gens, ils n'osent rien dire, ils restent là, sur le bord du trottoir, ils sont malheureux comme des pierres. Te venger, voilà ce que tu fais, Charles. Tu n'es qu'un petit salaud de grande taille. Et cette femme, la Reine Mathilde, elle est là, authentique, et même, elle me dit que je suis beau. Et moi, alors que ça me rend un peu heureux, je ne suis même pas capable de le lui montrer, de la remercier pour ce mot-là.

En tâtonnant, Charles s'arrêta au bord d'un trottoir. Quelqu'un à côté de lui pouvait voir les tapons de tissu qu'on met dans les caniveaux pour orienter l'eau, sans se douter combien c'est sublime. Saloperie de lionne. Il eut envie de déplier sa canne blanche et de demander : « Voulez-vous que je vous aide à traverser ? », avec un sale sourire. Il appela à lui le souvenir de la voix de Mathilde lui disant sans méchanceté : « Vous êtes pénible comme homme. » Et il tourna le dos.

*
* *

Danglard avait essayé de résister. Mais le lendemain matin, il se jeta sur les journaux, négligeant les titres politiques, économiques, sociaux et tout le fatras qui l'intéressait d'habitude.

Rien. Rien sur l'homme aux cercles. L'affaire n'avait aucune raison de mobiliser l'attention quotidienne d'un journaliste.

Mais lui, il était pris.

Sa fille, hier soir, la première jumelle des seconds jumeaux, qui s'intéressait le plus à ce que lui racontait son père, tout en lui disant : « Papa, arrête de boire, t'as déjà un assez gros cul comme ça », avait dit : « Il a un drôle de nom ton nouveau patron. Saint Jean le Baptiseur de la Montagne d'Adam, si on traduit. C'est un drôle de programme. Mais enfin, s'il te plaît, il me plaît. Tu me le montreras un jour ? » En fait, Danglard était si frappé d'amour pour ses quatre jumeaux qu'il aurait surtout voulu les montrer, eux, à Adamsberg, et qu'il lui dise : « Ils ont des têtes d'anges. » Mais il n'était pas sûr qu'Adamsberg s'intéresse à ses mômes. « Mes mômes mes mômes mes mômes », se dit Danglard. Mes merveilles.

Du bureau, il appela tous les commissariats d'arrondissement pour savoir si un des agents de ronde avait remarqué un cercle, comme ça, au cas où, puisque tout le monde s'amusait à ça. Ses questions suscitaient de l'étonnement, il expliquait que c'était pour un de ses amis psychiatres, un petit service qu'il lui rendait en passant. Ah oui, les flics connaissaient ça, les petits services qu'on vous demande tout le temps.

Et cette nuit, Paris avait connu deux cercles. Le premier avait été tracé rue du Moulin-Vert et c'est un agent du 14e qui l'avait repéré, ravi de sa ronde. L'autre avait été signalé dans le même quartier, rue Froidevaux, par une femme qui était venue se plaindre, parce qu'elle trouvait que ça commençait à bien faire.

Danglard, énervé, impatient, monta l'étage et entra chez Conti, le photographe. Conti était prêt à partir, chargé de mallettes et de bandoulières, comme un soldat. Comme Conti était malingre, Danglard pensait que ça devait le rassurer, tout cet appareillage plein de boutons et de complications qui forçaient le respect, mais en réalité, il savait bien que Conti n'était pas un type aussi bête, pas du tout même. Ils filèrent d'abord rue du Moulin-Vert : le cercle s'étalait, large et bleu, avec la belle écriture qui tournait autour. Pas tout à fait au milieu, il y avait un morceau de bracelet-montre. Pourquoi de si grands cercles pour de si petites choses ? se demanda Danglard. Il ne s'était pas jusqu'ici avisé de cette disproportion.

— Touche pas ! cria-t-il à Conti qui entrait dans le cercle pour voir.

— Quoi ? dit Conti, on ne l'a pas tué tout de même, ce bracelet-montre ! Appelle le médecin légiste tant que tu y es.

Conti haussa les épaules et sortit du cercle.

— Cherche pas, dit Danglard. Il a dit de photographier en l'état, alors fais-le s'il te plaît.

Mais il faut bien dire que pendant que Conti clichait, Danglard pensa qu'Adamsberg le mettait dans une situation assez ridicule. Si un flic du secteur venait par malchance à passer par là, il aurait raison de dire que le 5e arrondissement déraillait ferme, à photographier des bracelets-montres. Et Danglard pensait qu'en vérité le commissariat du 5e déraillait ferme et qu'il déraillait avec lui. En attendant, il n'avait même pas encore bouclé sa procédure pour Patrice Vernoux, ce qu'il aurait dû faire à la première heure. Son collègue Castreau devait se poser des questions.

Rue Émile-Richard, dans ce lugubre et droit passage au cœur du cimetière du Montparnasse, Danglard comprit pourquoi une femme était venue se plaindre, et il fut presque soulagé de découvrir cela.

La chose avait grossi.

— Tu as vu ? dit-il à Conti.

Devant eux, le cercle bleu entourait la dépouille d'un chat écrasé. Aucun sang n'avait coulé, le chat avait dû être ramassé dans un caniveau, déjà mort depuis quelques heures. Maintenant, c'était morbide, ce paquet de poils sales dans cette rue sinistre, et ce rond et ce « Victor, mauvais sort, que fais-tu dehors ? ». On aurait dit une dérisoire pantomime de sorcières.

— J'ai fini, dit Conti.

C'était idiot, mais Danglard crut comprendre que Conti était un peu impressionné.

— Moi aussi, dit Danglard, j'ai fini. Viens, on file, ce n'est pas la peine que les types du secteur nous rencontrent ici.

— C'est vrai, dit Conti. On aurait l'air de quoi ?

Adamsberg écouta le rapport de Danglard avec flegme, laissant fumer la cigarette à ses lèvres, les yeux mi-clos pour éviter que ça ne le pique. La seule chose qu'il fit fut de se couper un ongle d'un coup de dents. Et comme Danglard commençait un peu à cerner le personnage, il comprit qu'Adamsberg avait enregistré la découverte de la rue Émile-Richard à sa juste valeur.

Mais quelle valeur ? Là-dessus, Danglard ne se prononçait pas encore. La façon dont fonctionnait l'esprit d'Adamsberg restait pour lui énigmatique et redoutable. Parfois, mais ça ne durait qu'une seconde, il se disait : « Fuis-le. »

Mais il savait que lorsqu'on commencerait à apprendre dans le commissariat que le patron perdait son temps et celui de ses inspecteurs avec l'homme aux cercles, il faudrait qu'il le défende. Et il tâchait de s'y préparer.

— Hier, la souris, dit Danglard, comme s'il se parlait à lui seul, éprouvant son futur discours pour faire face à ses collègues, et puis cette nuit le chat. C'est un peu moche. Mais il y avait le bracelet-montre aussi. Et Conti a raison, le bracelet-montre, il n'est pas mort.

— Mais si, il est mort, dit Adamsberg. Bien sûr qu'il est mort ! On recommence la même chose demain matin, Danglard. Je vais voir Vercors-Laury, le psychiatre qui a soulevé l'affaire. Ça m'intéresse d'avoir son opinion. Mais évitez d'en parler. Le plus tard on se foutra de moi, le mieux ça sera.

Avant de partir, Adamsberg écrivit à Mathilde Forestier. Il n'avait pas mis une heure ce matin pour lui retrouver son Charles Reyer, après avoir téléphoné aux principaux organismes qui employaient des aveugles à Paris, accordeurs, maisons d'édition, conservatoires. Reyer était depuis quelques mois dans la ville, il logeait dans une chambre près du Panthéon, à l'*Hôtel des Grands Hommes*. Adamsberg envoya tous ces renseignements à Mathilde, puis il les oublia.

*
* *

René Vercors-Laury n'est pas formidable, voilà ce qu'Adamsberg se dit tout de suite. Il en fut déçu parce qu'il espérait toujours beaucoup et qu'ensuite les chutes lui étaient très douloureuses.

Non, pas formidable du tout même. Et puis exaspérant. Il entrecoupait ses phrases de choses comme : « Vous me suivez ? Vous me suivez bien ? » ou de déclarations comme : « Vous serez d'accord avec moi que le suicide socratique n'est qu'un modèle », n'attendant pas la réponse d'Adamsberg vu que ça ne servait qu'à faire beau. Et Vercors-Laury perdait un temps et un nombre de phrases inimaginables à faire beau. Le gros médecin se penchait en arrière sur son fauteuil, les mains tenant sa ceinture, semblant réfléchir avec intensité, puis il se jetait en avant d'un bloc pour amorcer une phrase : « Commissaire, ce client n'est pas ordinaire... »

À part ça, bien entendu, le type n'était pas crétin du tout, c'était clair. Le premier quart d'heure d'entretien passé, ça allait même mieux, toujours pas formidable, mais mieux.

— Ce client, attaqua Vercors-Laury, n'appartient pas à la catégorie « normale » des maniaques, si c'est bien mon opinion clinique que vous sollicitez. Par définition, les maniaques sont des maniaques, et ça, il ne faut pas l'oublier, vous me suivez ?

Il n'était pas mécontent de sa formule, Vercors-Laury. Il poursuivit :

— Et parce qu'ils sont maniaques, les maniaques sont précis, sourcilleux, ritualistes. Vous me suivez bien ? Or là, que trouve-t-on chez notre client ? Aucun rite dans le choix de l'objet, aucun rite dans le choix du quartier, aucun rite dans le choix du moment, aucun rite dans le choix même du nombre de cercles à tracer par nuit... Ah ! Vous percevez la faille immense ? Tous les paramètres qui participent à son action, objet, lieu, heure, quantité varient, comme si ça dépendait un peu de ceci ou de cela. Or, commissaire Adamsberg, chez un maniaque, rien ne dépend de ceci ou de cela. Est-ce que vous me suivez bien ? C'est même la caractéristique du maniaque. Le maniaque fera plier le ceci-cela à sa volonté plutôt que de se laisser faire par lui. Aucune contingence ne peut être de force suffisante pour concurrencer le déroulement invariable de sa manie. Je ne sais pas si vous me suivez ?

— Donc ce maniaque n'est pas ordinaire ? On pourrait même dire qu'il n'est pas un maniaque ?

— C'est vrai, commissaire, on pourrait presque le dire. Et cela ouvre alors tout un champ de questions : s'il ne s'agit pas d'un maniaque au sens pathologique du terme, c'est que ces cercles poursuivent un but qui est parfaitement pensé par leur auteur, c'est que notre client s'intéresse de manière authentique aux objets qu'il désigne ainsi à l'attention, comme pour nous faire une démonstration. Vous me suivez bien ? Pour nous dire par exemple : les êtres humains ne considèrent pas les objets qu'ils délaissent. Dès que ces objets ont terminé leur temps d'efficacité, leur fonction, nos yeux ne les perçoivent même plus comme matière. Je vous montre un trottoir et je vous dis : qu'est-ce qu'il y a par terre ? Et vous me répondez : il n'y a rien. Alors qu'en réalité (il appuya sur le mot), il y a une foule de choses. Vous me suivez bien ? Cet homme semble aux prises avec un douloureux questionnement, métaphysique, philosophique ou pourquoi pas poétique, sur la manière dont l'être humain choisit de faire commencer et cesser la réalité des choses, dont il s'en pose l'arbitre, alors qu'à ses yeux, peut-être, la présence des choses continue hors de nous. Et tout ce que j'ai voulu en m'intéressant à cet homme, c'est dire : attention, ne plaisantez pas avec cette manie, l'homme aux cercles est peut-être un esprit lucide, qui ne sait pas parler autrement que par ces manifestations, qui sont, certes, la preuve d'un esprit dérangé, mais très organisé, vous me suivez bien ? Quelqu'un de très fort, en tous les cas, croyez-le.

— Mais la série connaît des erreurs : la souris, le chat, ne sont pas des choses.

— Je vous l'ai dit, il y a beaucoup moins de logique là-dedans qu'il ne semble à première vue, et qu'on devrait en trouver s'il s'agissait d'une manie authentique. C'est cela qui est déroutant. Mais du point de vue de notre client, il démontre que la mort transforme le vivant en chose, ce qui est vrai, dès l'instant où l'affectif cesse d'investir les corps sans vie. Dès l'instant où la capsule ne bouche plus la bouteille, la capsule ne devient plus rien, et dès l'instant où le corps d'un ami ne bouge plus... que devient-il ? C'est une question de cet ordre qui dévore l'esprit de notre homme... Autant dire pour la nommer : la mort.

Vercors-Laury marqua une pause en basculant en arrière sur son fauteuil. Il regarda Adamsberg droit dans les yeux, comme pour dire, maintenant, ouvrez bien vos oreilles, je vais annoncer quelque chose de sensationnel. Adamsberg pensait qu'il n'y aurait rien de ce genre.

— De votre point de vue de policier, vous vous demandez s'il y a danger pour des vies humaines, n'est-ce pas, commissaire ? Je vous dirai ceci : le phénomène peut rester stationnaire et s'épuiser de lui-même, mais, d'autre part, je ne vois aucune raison, en théorie, à ce qu'un homme de cet acabit, c'est-à-dire un fou maître de lui, si vous m'avez bien suivi, et rongé du besoin d'exhiber ses pensées, s'arrête en chemin. Je dis bien : en théorie.

Adamsberg réfléchissait de manière vague en revenant à pied à son bureau. Jamais il ne réfléchissait à fond. Jamais il n'avait compris ce qui se passait quand il voyait des gens prendre leur tête entre leurs mains et dire «Bien, réfléchissons». Ce qui se tramait alors dans leur cerveau, comment ils faisaient pour organiser des idées précises, induire, déduire et conclure, c'était un complet mystère pour lui. Il constatait que ça donnait des résultats indéniables, qu'après ces séances les gens opéraient des choix, et il admirait en se disant qu'il lui manquait quelque chose. Mais quand lui le faisait, quand il s'asseyait en se disant «Réfléchissons», rien ne se passait dans sa tête. C'est même dans ces seuls instants qu'il connaissait le néant. Adamsberg ne se rendait jamais compte qu'il réfléchissait, et s'il en prenait conscience, ça s'arrêtait. Ce qui fait que toutes ses idées, toutes ses intentions et toutes ses décisions, il ne savait jamais d'où elles venaient.

Il lui semblait en tous les cas qu'il n'avait pas été surpris par ce que lui avait dit Vercors-Laury, et qu'il avait toujours su que l'homme aux cercles n'était pas un maniaque commun. Su que quelque inspiration cruelle vivifiait cette folie, que cette file d'objets ne pouvait connaître qu'un seul aboutissement, qu'une seule éclatante apothéose : la mort d'un homme.

Mathilde Forestier aurait dit que c'était normal de n'avoir rien appris de fondamental puisqu'il était en tranche 2, mais lui pensait plutôt que c'était parce que Vercors-Laury était un type bien, mais pas formidable.

*
* *

Le lendemain matin, on trouva le grand cercle rue Cunin-Gridaine, dans le 3e. Il ne comportait en son centre qu'un bigoudi.

Conti photographia le bigoudi.

La nuit suivante apporta un cercle rue Lacretelle et un autre rue de la Condamine, dans le 17e, enserrant l'un un vieux sac de dame et l'autre un coton-tige.

Conti photographia le vieux sac puis le coton-tige, sans faire de commentaires, mais à l'évidence agacé. Danglard restait silencieux.

Les trois nuits suivantes fournirent une pièce de un franc, une ampoule de Surgector, un tournevis, et, ce qui remonta un peu le moral de Danglard, si l'on peut dire, un pigeon mort, l'aile arrachée, rue Geoffroy-Saint-Hilaire.

Adamsberg, impassible, souriant, déconcertait l'inspecteur. Il continuait à découper les articles de presse qui faisaient allusion à l'homme aux cercles bleus, et à les fourrer sans aucune organisation dans son tiroir, avec les tirages photo que lui fournissait au fur et à mesure Conti. Maintenant, tout cela se savait dans le commissariat, et Danglard s'inquiétait un peu. Mais les aveux complets de Patrice Vernoux venaient de rendre Adamsberg intouchable, et ça, pour un petit moment.

— Combien de temps ça va durer, cette histoire, commissaire ? lui demanda Danglard.

— Quelle histoire ?

— Mais les cercles, bon Dieu ! On ne va pas aller se recueillir devant des bigoudis tous les matins de notre vie, bon sang !

— Ah, les cercles ! Oui, ça peut durer longtemps, Danglard. Très longtemps même. Mais qu'est-ce que ça peut faire ? Faire ça ou autre chose, quelle importance ? C'est amusant, les bigoudis.

— Alors on arrête ?

Adamsberg releva la tête avec brusquerie.

— Mais c'est hors de question, Danglard, hors de question.

— Vous êtes sérieux ?

— Autant que je puis l'être. Ça grossira, Danglard, je vous l'ai dit.

Danglard haussa les épaules.

— On aura besoin de tous ces documents, reprit Adamsberg en montrant son tiroir. Ça nous sera peut-être indispensable après.

— Mais après quoi, bon Dieu ?

— Ne soyez pas impatient, Danglard, vous n'allez pas souhaiter la mort d'un homme, non ?

Le lendemain, il y eut un cornet de glace avenue du Docteur-Brouardel, dans le 7ᵉ.

*
* *

Mathilde s'était présentée à l'*Hôtel des Grands Hommes* pour chercher l'aveugle beau, un bien petit hôtel pour un si grand titre, pensa-t-elle. Ou alors ça voulait peut-être dire qu'il n'y avait pas besoin de beaucoup de chambres pour loger tous les grands hommes.

Le réceptionniste, après avoir téléphoné pour l'annoncer, lui dit que M. Reyer ne pouvait pas descendre, qu'il était empêché. Mathilde monta jusqu'à sa chambre.

— Qu'est-ce qui arrive ? cria Mathilde à travers la porte. Vous êtes nu avec quelqu'un ?

— Non, répondit Charles.

— C'est plus grave ?

— Je suis moche à voir, je ne retrouve pas mon rasoir.

Mathilde réfléchit un bon moment.

— Vous n'arrivez pas à mettre l'œil dessus, c'est ça ?

— C'est vrai, dit Charles. J'ai tâtonné partout. Je ne comprends pas.

Il ouvrit la porte.

— Vous comprenez, Reine Mathilde, les choses profitent de ma faiblesse. Je hais les choses. Elles se dissimulent, elles se glissent entre sommier et matelas, elles font dégringoler la poubelle, elles se coincent entre les lames des parquets. J'en ai assez. Je crois que je vais supprimer les choses.

— Vous êtes moins doué qu'un poisson, dit Mathilde. Parce que les poissons qui vivent très au fond, dans le noir complet comme vous, ils se débrouillent quand même pour trouver à bouffer.

— Les poissons ne se rasent pas, dit-il. Et puis merde après tout, les poissons je m'en bats l'œil.

— L'œil, l'œil ! Vous le faites exprès ou quoi ?

— Oui, je le fais exprès. J'ai tout un répertoire d'expressions comme ça : Je m'en bats l'œil, je jette un œil, je fais de l'œil, je ne vous crois pas mon œil, j'ai le mauvais œil, je garde un œil sur vous, je tourne de l'œil, j'ai mangé à l'œil, j'ai le compas dans l'œil, etc. Il y en a des milliers. J'aime les utiliser. C'est comme ceux qui mastiquent leurs souvenirs. Mais c'est vrai que je m'en bats l'œil, des poissons.

— Ça, ça arrive à beaucoup de gens. C'est vrai que les poissons, on a tendance à s'en foutre. Je peux m'asseoir sur cette chaise ?

— Je vous en prie. Et qu'est-ce que vous leur trouvez, aux poissons ?

— On se comprend, les poissons et moi. Et puis on a trente ans de vie commune, alors on n'ose plus se quitter. Si je me faisais plaquer par un poisson, je serais désorientée. Et puis je travaille avec eux, ils me font gagner de l'argent, ils m'entretiennent, si vous voulez.

— C'est parce que je ressemble à un de vos foutus poissons dans le noir que vous êtes venue me voir ?

Mathilde réfléchit.

— Vous n'arriverez à rien comme ça, conclut-elle. Vous devriez être un peu plus poissonneux justement, un peu plus souple, plus fluide. Enfin ça vous regarde, si c'est votre ambition d'en faire baver à tout le cosmos. Je viens parce que vous cherchiez un appartement, et que vous semblez le chercher toujours. Peut-être n'avez-vous pas beaucoup d'argent. Pourtant, cet hôtel est cher.

— Ses fantômes me sont également chers. Mais surtout, les gens n'ont pas envie de louer à un aveugle, vous savez, Reine Mathilde. Les gens ont peur que l'aveugle ne fasse des bêtises partout, qu'il pose son assiette à côté de la table et qu'il pisse sur le tapis en croyant qu'il est dans la salle de bains.

— Tandis que moi ça m'arrange, un aveugle. Mes travaux sur l'épinoche, le grondin volant et l'ange de mer épineux surtout, m'ont payé trois appartements, les uns au-dessus des autres. La vaste famille qui occupait le premier et le troisième étage, c'est-à-dire l'Ange de mer et l'Épinoche, est partie. Moi, j'habite au deuxième, au Grondin volant. J'ai loué l'Épinoche à une drôle de dame, et j'ai pensé à vous pour occuper l'Ange de mer épineux, enfin le premier étage si vous préférez. Je ne vous le louerai pas cher.

— Pourquoi pas cher ?

Charles entendit Mathilde rigoler et allumer une cigarette. Il chercha de la main un cendrier qu'il lui tendit.

— Vous proposez le cendrier à la fenêtre, dit Mathilde. Je suis assise un bon mètre plus à gauche que vous ne croyez.

— Ah, pardonnez-moi. Vous êtes un peu brutale tout de même. Dans ces cas-là les gens se débrouillent pour attraper le cendrier en se déhanchant et ils ne font pas de commentaires.

— Vous allez me trouver plus brutale quand vous saurez que l'appartement est beau, est grand, mais que personne ne veut y vivre parce qu'il est très sombre. Donc je me suis dit : Charles Reyer, je l'aime bien. Et comme il est aveugle, ça tombe à merveille, ça lui serait égal de vivre dans un lieu sombre.

— Vous manquez toujours autant de tact ? demanda Charles.

— Je crois, dit Mathilde très sérieusement. Alors, cet Ange épineux, est-ce qu'il vous tente ?

— J'ai envie d'y jeter un œil, dit Charles en souriant et en portant la main à ses lunettes. Je crois que ça me va très bien, un ange de mer épineux très sombre. Mais si je dois l'habiter, je veux connaître les mœurs de cette poiscaille, sinon mon propre appartement me prendrait pour un imbécile.

— C'est facile. *Squatina aculeata*, poisson migrateur, peuplant les fonds meubles côtiers de la Méditerranée. Chair assez fade, diversement appréciée. Nage comme les requins en godillant de la queue. Museau obtus, narines latérales, plus ou moins frangées. Évents amples, semi-lunaires, bouche armée de dents unicuspides à base élargie et passons sur le reste. Brun marbré de sombre avec taches claires, un peu comme la moquette de l'entrée, si vous voulez.

— L'animal pourrait me plaire, Reine Mathilde.

*
* *

Il était sept heures. Clémence Valmont travaillait chez Mathilde. Elle classait des diapositives et elle crevait de chaud. Elle aurait bien voulu enlever son béret noir, elle aurait bien voulu ne pas avoir soixante-dix ans et ne pas avoir les cheveux qui s'en vont sur le dessus de la tête. Maintenant, elle ne retirait plus jamais son béret. Ce soir, elle montrerait à Mathilde deux petites annonces du jour assez intéressantes auxquelles elle était tentée de répondre :

« H. 66 ans, conservé, grande taille petite retraite, attend femme pas laide petite taille grosse retraite, pour faire dernier bout avant mort pas seul. »

C'était franc. Et il y avait celle-là, assez irrésistible :

« Grand Médium Voyant direct Avec le Don de son père dès le début contact il dit toute la vérité que vous cherchez protection amour durable chance retrouvée le mari ou la femme qui est parti travail attraction renforce bonheur et attire les sentiments travail par correspondance envoyer photo enveloppe timbrée pour réponse avec satisfaction dans les domaines. »

Qu'est-ce que je risque ? se dit Clémence.

L'appartement de l'Ange de mer épineux avait plu à Charles Reyer. En réalité, il s'était décidé dès que Mathilde lui en avait parlé à l'hôtel et il avait hésité pour cacher sa précipitation à accepter. Parce que Charles se savait devenir pire de mois en mois, il commençait à avoir peur. Et il avait l'impression que Mathilde pourrait sans qu'elle le sache arracher son cerveau aux détestations morbides dans lesquelles il s'enlisait. En même temps, il n'entrevoyait pas d'autre recours que de persister dans la haine, et l'idée de devenir aveugle-et-bon le révulsait. Il avait longé pas à pas les murs de l'appartement en y appliquant les mains, et Mathilde lui avait montré où étaient les portes, les robinets et les boutons électriques.

— Pour quoi faire, les boutons électriques ? dit Charles. Pour quoi faire, la lumière ? Vous êtes une imbécile, Reine Mathilde.

Mathilde haussa les épaules. Elle réalisait que Charles Reyer devenait méchant toutes les dix minutes à peu près.

— Et les autres ? répondit Mathilde. Si des gens viennent vous voir, vous n'allumez pas, vous les laissez dans le noir ?

— Envie de tuer tout le monde, dit Charles entre ses dents, comme pour s'excuser.

Il chercha un fauteuil, se cogna dans tous les meubles qu'il ne connaissait pas encore et Mathilde ne l'aida pas. Alors il resta debout et se tourna vers elle.

— Est-ce que je suis à peu près face à vous, là ?

— À peu près.

— Allumez la lumière, Mathilde.

— C'est allumé.

Charles retira ses lunettes et Mathilde regarda ses yeux.

— Évidemment, dit-elle après un moment. N'espérez pas que je vous dise que vos yeux sont très bien comme ça, parce qu'ils sont horribles. Sur votre peau livide, ils vous donnent l'air d'un mort vivant, franchement. Avec les lunettes vous êtes superbe, mais sans, vous ressemblez à une rascasse. Si j'étais chirurgien, mon petit Charles, j'essaierais de vous rafistoler ça, que ça fasse un peu plus propre. Il n'y a aucune raison pour rester comme une rascasse si on peut faire autrement. J'ai un ami qui fait ça bien, il a arrangé un gars après un accident, qui pour le coup ressemblait à un saint-pierre. Pas beau non plus le saint-pierre.

— Et si à moi ça me plaît de ressembler à une rascasse ? dit Charles.

— Merde, dit Mathilde. Vous n'allez pas me fatiguer la vie durant avec votre histoire d'aveugle, bon sang ! Vous avez envie d'être moche ? Très bien, soyez moche. Vous avez envie d'être mauvais comme une gale, d'étriper le monde, d'en faire des lanières très fines ? Très bien, faites-le, mon petit Charles, moi, ça m'indiffère. Vous ne pouvez pas encore le savoir, mais vous tombez mal parce qu'on est jeudi, en plein début de tranche 2, et donc jusqu'à dimanche inclus, le sens moral, je n'en ai plus. La compassion, la consolation patiente, les encouragements clairvoyants, et autres valeurs humanitaires, fini pour la semaine. On naît et on crève, et au milieu on s'échine à perdre notre temps en faisant semblant de le gagner, et c'est tout ce que j'ai envie de dire des hommes. Lundi prochain je les trouverai tous splendides dans les moindres de leurs atermoiements et dans leur trajectoire millénaire, mais pour aujourd'hui, c'est impensable. Pour aujourd'hui, c'est cynisme, débandade, futilité et plaisirs immédiats. Alors vous pouvez bien souhaiter être rascassieux, murènoïde, gargouillard, hydreux à deux têtes, gorgonieux et tératomorphe, ça vous regarde, mon petit Charles, n'espérez pas me démonter. Moi, j'aime tous les poissons, y compris les sales poissons. Donc tout ça, ce n'est pas une conversation pour un jeudi, pas du tout. Vous détraquez ma semaine avec vos crises de revanches hystériques. Ce qui aurait bien été tranche 2 en revanche, c'est d'aller boire un coup au Grondin volant, et je vous aurais présenté la vieille dame qui habite au-dessus. Mais aujourd'hui pas question, vous seriez trop mauvais avec elle. Avec Clémence, il faut procéder avec délicatesse. Ça fait soixante-dix ans qu'elle n'a qu'une seule idée, trouver un amour et un homme, si possible les deux ensemble, la rareté, quoi. Vous voyez, Charles, à chacun ses grandes misères. L'amour, elle en a à revendre, elle arrive à tomber amoureuse rien que sur petite annonce. Elle fait toutes les petites annonces dont elle tombe amoureuse, elle répond, elle y va, elle est humiliée, elle revient, elle recommence. Elle semble un peu idiote, un peu désespérante de gentillesse et d'attentions pénibles, tirant toujours des jeux de cartes des poches de ses gros pantalons pour faire des réussites divinatoires. Avec ça, je vous décris sa tête, puisque vous avez l'idée saugrenue de ne rien voir : un visage pas avenant, maigre et masculin, avec des petites dents piquantes de musaraigne, *Crocidura russula*, on aurait peur d'y mettre la main. Elle se maquille trop. Je l'ai engagée deux jours par semaine pour reclasser toute ma documentation. Elle est précise et patiente, comme si elle n'allait jamais mourir, et cela me calme parfois. Elle travaille la tête ailleurs, balbutiant ses désirs et ses déconvenues, récapitulant ses rendez-vous hypothétiques, répétant ses déclarations à l'avance, et pourtant elle classe avec application, bien que comme vous elle se moque des poissons. Ce doit être votre seul point commun.

— Vous croyez que je peux m'entendre avec elle ? demanda Charles.

— Ne vous en faites pas, vous ne la verrez pour ainsi dire jamais. Toujours sortie, toujours errante à la recherche de son époux. Et puis vous, vous n'aimez personne, alors, comme disait ma mère, quelle importance ?

— C'est vrai, dit Charles.

*
* *

Cinq jours plus tard, le jeudi matin, on découvrit un bouchon de bouteille de vin, rue de l'Abbé-de-l'Épée, et rue Pierre-et-Marie-Curie, dans le 5ᵉ, une femme égorgée qui tournait les yeux vers le ciel.

Malgré la secousse, Adamsberg ne put s'empêcher de calculer que la découverte avait lieu en début de tranche 2, la tranche du dérisoire, mais que le meurtre avait été commis en fin de tranche 1, la tranche grave.

Adamsberg déambulait dans la pièce avec une expression moins brumeuse que d'habitude, le menton en avant, les lèvres entrouvertes, comme essoufflé. Danglard voyait qu'il était préoccupé, mais qu'il ne donnait pas pour autant l'impression de se concentrer. Leur précédent commissaire, c'était l'inverse. Il était sans cesse bouclé dans ses réflexions. Le précédent commissaire, c'était la rumination perpétuelle. Tandis qu'Adamsberg était ouvert à tout vent comme une cabane en planches, le cerveau à l'air libre, quoi, pensa Danglard. C'est vrai, on aurait pu croire que tout ce qui lui entrait par les oreilles, les yeux ou le nez, de la fumée, de la couleur, du froissement de papier, faisait un courant d'air sur ses pensées et que ça les empêchait de prendre corps. Ce type, se dit Danglard, il est attentif à tout, ce qui fait qu'il ne prête attention à rien. Les quatre inspecteurs commençaient même à prendre l'habitude d'aller et venir dans son bureau sans jamais avoir peur d'interrompre le fil de quoi que ce soit. Et Danglard avait bien vu qu'à certains moments, Adamsberg était plus ailleurs que jamais. Quand il crayonnait, non pas sur le côté de son genou droit replié, mais en tenant le petit papier sur son ventre, alors Danglard se disait : si je lui annonce maintenant qu'un champignon est en train de bouffer la planète jusqu'à ce qu'elle ait la taille d'un pamplemousse, il s'en foutra complètement. Pourtant ce serait très grave, parce qu'on ne pourra pas tenir à beaucoup d'hommes sur un pamplemousse. Il n'y a pas besoin d'être très fort pour comprendre ça.

Florence aussi regardait le commissaire. Depuis sa discussion avec Castreau, elle avait encore réfléchi et annoncé que le nouveau commissaire lui faisait l'effet d'un prince florentin un peu ravagé sur un tableau qu'elle avait vu dans un livre, mais quel livre, c'était la question. En tous les cas, elle aimerait bien, comme dans une exposition, s'asseoir sur une banquette en face pour regarder ça quand elle en avait assez de la vie, assez d'avoir filé son collant, et assez que Danglard lui dise tout le temps qu'il n'avait pas idée où s'arrêtait l'univers, et surtout dans quoi c'était l'univers.

Elle les regarda partir à deux voitures rue Pierre-et-Marie-Curie.

Dans la voiture, Danglard marmonna :

— Un bouchon de bouteille et une femme égorgée, je ne vois pas le lien, ça me dépasse. Je n'arrive pas à me rendre compte de ce que ce type a dans le cerveau.

— Quand on regarde de l'eau dans un seau, dit Adamsberg, on voit le fond. On met le bras dedans, on touche quelque chose. Même dans un tonneau, on y arrive. Dans un puits, rien à faire. Même lancer des petits cailloux dedans pour essayer de se rendre compte, ça ne sert à rien. Le drame, c'est qu'on essaie quand même. L'homme, il faut toujours qu'il se «rende compte». C'est ça qui ne lui vaut que des emmerdements. Vous ne vous imaginez pas le nombre immense de petits cailloux qui sont au fond des puits. Ce n'est pas pour écouter le bruit que ça fait quand ça tombe dans l'eau que les gens les lancent, non. C'est pour se rendre compte. Mais le puits, c'est un truc terrible. Une fois que ceux qui l'ont construit sont morts, plus personne ne peut en savoir quelque chose. Il nous échappe, il nous nargue du fond de son ventre inconnu plein de flotte cylindrique. Voilà ce que fait le puits, à mon idée. Mais combien de flotte ? Jusqu'où la flotte ? Il faudrait se pencher, se pencher pour savoir, jeter des cordes.

— Un truc à se noyer, dit Castreau.

— Évidemment.

— Mais je ne vois pas le rapport avec le meurtre, dit Castreau.

— Je n'ai pas dit qu'il y en avait un, dit Adamsberg.

— Alors pourquoi vous nous racontez l'histoire du puits ?

— Pourquoi pas ? On ne peut pas toujours parler pour être utile. Mais Danglard a raison. Un bouchon de bouteille, une femme, on ne voit pas le lien. C'est ça qui est important.

La femme égorgée avait les yeux ouverts et terrifiés, et la bouche ouverte aussi, presque la mâchoire décrochée. On avait l'impression qu'elle était en train de hurler la grande phrase écrite tout autour d'elle, « Victor, mauvais sort, que fais-tu dehors ? »

C'était assourdissant, on avait envie de se boucher les oreilles, alors que pourtant c'était le silence dans tout le groupe de policiers qui bougeait autour du cercle.

Danglard regardait le manteau pas cher de la femme, bien ajusté jusqu'en haut, son cou tranché et le sang qui avait coulé jusqu'à la porte d'un immeuble. Il avait envie de vomir. Pas une fois il n'avait regardé un cadavre sans avoir envie de vomir, ce qui ne le gênait pas. Ça ne lui était pas désagréable d'avoir envie de vomir, ça lui faisait oublier d'autres soucis, les soucis de l'âme, pensait-il en ricanant.

— Elle a été tuée par un rat, un être humain-rat, dit Adamsberg. Les rats sautent à la gorge comme ça.

Puis il ajouta :

— Qui c'est, la dame ?

La petite chérie disait toujours « La dame », « Le monsieur », « La dame est jolie », « Le monsieur veut coucher avec moi », et Adamsberg ne s'était pas défait de cette habitude.

L'inspecteur Delille répondit :

— Elle a ses papiers sur elle, son assassin ne lui a rien pris. Elle s'appelle Madeleine Châtelain, elle a cinquante et un ans.

— Vous avez commencé à regarder le contenu de son sac ?

— Pas dans le détail, mais on ne remarque rien d'intéressant.

— Je voudrais savoir.

— Eh bien, en gros, un journal de tricot, un canif microscopique, des petits savons qu'on donne dans les hôtels, son portefeuille et ses clefs, une gomme en plastique rose, et puis un petit agenda.

— Elle avait noté quelque chose à la page d'hier ?

— Oui, mais pas un rendez-vous, si c'est ce que vous espérez. Elle a noté : « Je ne crois pas que ça soit fantastique de travailler dans un magasin de tricot. »

— Il y en a beaucoup d'autres comme ça ?

— Pas mal en fait. Par exemple, il y a trois jours, elle a écrit : « Je me demande ce que maman pouvait bien trouver de si bon au Martini », et la semaine d'avant : « Pour rien au monde je ne monterais en haut de la tour Eiffel. »

Adamsberg souriait. Le médecin légiste marmonnait que si on ne découvrait pas les cadavres plus vite, fallait pas espérer des miracles, qu'il avait l'impression qu'on l'avait tuée entre vingt-deux heures trente et minuit mais qu'il préférait voir le contenu de l'estomac avant de se prononcer. Que la blessure avait été faite avec un couteau à lame moyenne, après un sérieux coup porté sur l'occipital.

Adamsberg cessa de penser aux petites notes de l'agenda et regarda Danglard. L'inspecteur était pâle, liquide, les bras ballants le long de son corps mou. Il fronçait les sourcils.

— Vous avez vu ce qui ne va pas, Danglard ? lui demanda Adamsberg.

— Je ne sais pas. Ce qui me gêne, c'est que le sang en coulant a recouvert, presque effacé, toute une partie du cercle de craie.

— C'est vrai, Danglard. Et la main de la dame arrive tout au bord du trait. S'il a tracé son cercle après l'avoir égorgée, la craie aurait peut-être dû laisser un sillon dans le sang. Et puis, si j'avais été l'assassin, j'aurais tourné autour de la victime pour tracer le cercle et je ne crois pas que j'aurais frôlé sa main de si près.

— On dirait que le cercle a été tracé avant, c'est ça ? Et que l'assassin aurait ensuite arrangé le corps dedans ?

— Ça y ressemble. Et ça paraît stupide, n'est-ce pas ? Danglard, vous allez vous occuper de ça avec les types du labo, et avec Meunier, le graphologue, si je me rappelle bien son nom. C'est maintenant que les photos de Conti vont nous servir, ainsi que les dimensions de tous les cercles précédents et les échantillons de craie que vous avez prélevés. Il faut comparer tout ça à ce nouveau cercle, Danglard. Il faut arriver à savoir si oui ou non c'est le même homme qui l'a tracé et s'il a été tracé avant ou après le meurtre. Vous, Delille, vous vous occupez du domicile, des voisins, des relations de la dame, des amis. Castreau, vous prenez en charge la question de son lieu de travail, si elle en avait un, et de ses collègues, et de ses revenus. Et vous, Nivelle, vous explorez la famille, les amours et les dissensions, les héritages.

Adamsberg avait parlé sans hâte. C'était la première fois que Danglard le voyait donner des ordres.

Il le faisait sans avoir l'air de s'en prévaloir et sans avoir l'air de s'en excuser non plus. C'était curieux, tous les inspecteurs semblaient devenir poreux, perméables au comportement d'Adamsberg. Perméables comme lorsqu'il pleut et qu'on ne peut faire autrement que sa veste soit mouillée. Les inspecteurs devenaient humides et ils commençaient sans s'en rendre compte à faire comme Adamsberg, à avoir des mouvements lents, des sourires, des absences. Celui que ça changeait le plus, c'était Castreau, qui aimait bien les grommellements virils qu'exigeait d'eux leur précédent commissaire, les consignes militaires martelées sans commentaires inutiles, l'interdiction de tourner de l'œil, les portières de voitures claquées, les poings serrés dans les poches des blousons. Aujourd'hui, Danglard reconnaissait mal Castreau. Castreau feuilletait le petit agenda de la dame, il s'en lisait des phrases à voix basse, il jetait des regards attentifs à Adamsberg, semblant mesurer chaque parole, et Danglard se dit que peut-être il allait pouvoir lui confier son problème avec les cadavres.

— Si je la regarde, j'ai envie de vomir, lui dit Danglard.

— Pour moi, c'est autre chose. C'est dans les genoux. Surtout quand c'est des femmes, même des femmes moches comme elle, répondit Castreau.

— Qu'est-ce que tu lis dans l'agenda ?

— Écoute : « Je viens de me faire onduler les cheveux mais je reste moche. Papa était moche et maman était moche. Alors, on ne peut pas rêver. Une cliente a demandé de la laine mohair bleue et je n'en avais plus. Il y a des mauvais jours. »

Adamsberg regarda les quatre inspecteurs remonter en voiture. Il pensait à la petite chérie, à Richard III et à l'agenda de la dame. Un jour, la petite chérie avait demandé : « Est-ce qu'un meurtre, c'est comme un paquet de vermicelles collés? Est-ce qu'il suffit de les replonger dans l'eau bouillante pour les démêler? Et l'eau bouillante, c'est le mobile, non?» Il avait répondu: «Ce qui démêle, c'est plutôt la connaissance, il faut se laisser faire par la connaissance.» Elle avait dit: «Je ne suis pas certaine de comprendre ta réponse», ce qui était normal, parce qu'il ne la comprenait pas non plus dans le détail.

Il attendait que le médecin légiste, qui ronchonnait toujours, en ait terminé avec les opérations préliminaires sur le corps. Le photographe et l'équipe du labo étaient déjà repartis. Il restait seul à regarder la dame, avec les agents qui attendaient avec la fourgonnette. Il espérait qu'un peu de connaissance allait monter en lui. Mais tant qu'il n'aurait pas croisé l'homme aux cercles bleus, il savait que ce n'était pas la peine de se donner du mal. Il fallait juste ramasser les informations, et pour lui, les informations n'avaient rien à voir avec la connaissance.

*
* *

Comme Charles avait l'air d'aller mieux, Mathilde pensa qu'elle pouvait compter sur quinze minutes de tranquillité pendant lesquelles il n'essaierait pas de faire de la bouillie avec l'univers, et qu'elle pourrait le présenter ce soir à la vieille Clémence. Elle avait demandé à Clémence de rester à la maison pour l'occasion, et elle avait déjà paré au pire en l'informant avec insistance que le nouveau locataire était aveugle et qu'il ne fallait pas crier «Jésus, quelle souffrance», ni feindre de l'ignorer tout à fait.

Charles écouta Mathilde le présenter et il écouta la voix de Clémence. Il n'aurait jamais imaginé sur cette voix une femme aussi naïve que celle que lui avait décrite la Reine Mathilde. Dans cette voix, il lui semblait plutôt entendre une détermination de forcenée et une bizarre et grande intelligence. Bien sûr, les propos qu'elle tenait semblaient imbéciles, mais derrière eux, dans les sonorités, dans les intonations, il y avait quelque secret savoir, maintenu en cage et faisant entendre son souffle, comme un lion dans un cirque de village. On entend son feulement dans la nuit, et on se dit que ce cirque n'est peut-être pas celui qu'on avait cru, n'est peut-être pas aussi pitoyable que le programme semblait le faire croire. Et ce feulement-là, un peu inquiétant parce que dissimulé peut-être, Charles, le maître des bruits et des sons, le percevait avec une grande netteté.

Mathilde lui avait servi un whisky et Clémence racontait des bouts de sa vie. Charles était troublé à cause de Clémence, et heureux à cause de Mathilde. Divine femme que sa méchanceté indifférait.

— ... et cet homme-là, continuait Clémence, vous auriez dit qu'il était vraiment chic. Il me trouvait intéressante, c'étaient ses mots. Il n'allait pas jusqu'à me toucher, mais je comptais que ça finirait bien par venir. Puisqu'il voulait m'emmener faire un grand voyage en Océanie, puisqu'il voulait se marier. Jésus, quel bonheur. Il m'a fait vendre ma maison à Neuilly et tout mon mobilier. J'ai fait deux valises avec ce qui me restait : « Tu n'auras besoin de rien », il avait dit. Et je suis arrivée au rendez-vous à Paris, si gaie que j'aurais dû me douter que quelque chose clochait. Je me disais, Clémence, ma vieille Clémence, tu y as mis le temps mais ça y est, Jésus te voilà fiancée, avec un homme cultivé et tu vas voir l'Océanie. En fait d'Océanie, j'ai vu Censier-Daubenton pendant huit heures un quart. Je l'ai attendu toute la journée et c'est là, à la station de métro, que Mathilde m'a trouvée le soir, telle qu'elle m'avait déjà aperçue le matin. Elle a dû se dire, Jésus, il y a quelque chose qui cloche avec cette vieille bonne femme.

— Clémence se laisse aller à inventer beaucoup de choses, intervint Mathilde, elle refait tout ce qui ne lui convient pas. En réalité, le soir de ses fiançailles solitaires à Censier-Daubenton, elle est partie en quête d'un hôtel, et en passant dans ma rue, elle a vu l'affichette « À louer ». Alors elle s'est présentée chez moi.

— Peut-être, dit Clémence, c'est bien possible au fond que ce se soit passé comme ça. Depuis, je ne peux pas prendre le métro à Censier-Daubenton sans mélanger ça avec les îles pacifiques. Comme ça, je voyage quand même. Dites, Mathilde, un monsieur a téléphoné deux fois pour vous, avec une voix douce, Jésus, j'ai cru m'évanouir, mais j'ai oublié son nom. C'était urgent, il me semble. Quelque chose qui cloche.

Clémence était en permanence au bord de l'évanouissement, mais elle pouvait dire vrai pour la voix au téléphone. Mathilde pensa qu'il s'agissait peut-être de ce flic moitié étrange moitié enchanteur qu'elle avait rencontré dix jours plus tôt. Mais elle ne voyait aucune raison pour que Jean-Baptiste Adamsberg l'appelle en urgence. À moins qu'il ne se soit souvenu de son offre de lui faire croiser l'homme aux cercles. Elle avait proposé ça impulsivement, mais aussi parce qu'elle répugnait à ne plus jamais avoir l'occasion de croiser ce flic qui avait été la vraie trouvaille de cette journée-là et qui lui avait sauvé in extremis sa tranche 1. Elle savait qu'elle n'oublierait pas ce type très facilement, qu'il était logé dans un coin de sa mémoire, diffusant pour quelques semaines encore sa nonchalante lumière. Mathilde trouva le numéro d'appel qu'avait griffonné Clémence, de sa petite écriture de crocidure.

Adamsberg était rentré chez lui pour attendre l'appel de Mathilde Forestier. La journée s'était annoncée typique de celles qui suivent un meurtre, avec l'activité muette et transpirante qui s'empare des types du labo, les bureaux qui puent, les verres de plastique sur les tables, avec le graphologue qui s'était jeté sur les clichés de Conti, avec en plus une sorte de tremblement, d'appréhension peut-être, dans laquelle cette affaire pas ordinaire semblait avoir jeté le commissariat du 5e. Appréhension d'échouer ou appréhension d'un assassin un peu monstrueux, Adamsberg n'avait pas cherché à répondre à cette question. Pour ne pas voir tout cela, il était sorti marcher dans les rues tout l'après-midi. Danglard l'avait rattrapé à la porte. Il n'était pas encore midi et Danglard avait déjà trop bu. Il avait dit que c'était écervelé de s'en aller comme ça le jour même d'un meurtre. Mais Adamsberg ne pouvait pas confier que rien ne lui ôtait plus l'usage de la pensée que de voir dix personnes en train de réfléchir. Il lui fallait que le commissariat en finisse avec sa fièvre, fièvre tierce sans doute, et il fallait que plus personne n'attende rien de lui pour qu'Adamsberg puisse surprendre ses propres idées. Et pour l'instant, l'effervescence du commissariat les avait fait détaler comme des soldats apeurés au plus dur du combat. Adamsberg avait depuis longtemps fait sienne l'évidence que faute de combattant les combats s'arrêtent, si bien que faute d'idées il s'arrêtait de travailler et ne s'essayait plus à les déloger des fissures où elles avaient pu se recroqueviller, ce qui s'était toujours révélé vain.

Christiane l'attendait devant sa porte.

Pas de chance, ce soir il aurait voulu être seul. Ou alors passer la nuit avec la jeune voisine d'en dessous, qu'il avait déjà croisée cinq fois dans l'escalier et une fois à la poste et qui l'avait sérieusement attendri.

Christiane dit qu'elle arrivait d'Orléans pour passer la fin de la semaine avec lui.

Il se demandait si la jeune voisine, quand elle l'avait regardé à la poste, avait voulu dire «j'aimerais vous aimer» ou bien «j'aimerais bavarder, je m'ennuie». Adamsberg était docile, il avait tendance à coucher avec toutes les filles qui en avaient envie, et parfois ça lui semblait vraiment la bonne chose à faire, puisque ça avait l'air de faire plaisir à tout le monde, et parfois ça lui semblait vain. En tous les cas, impossible de savoir ce qu'avait voulu lui faire comprendre la jeune fille d'en dessous. Il avait essayé aussi de réfléchir à ça et puis il avait laissé tomber pour plus tard. Qu'est-ce que sa petite sœur en aurait conclu ? Sa petite sœur, c'était une usine à réfléchir, ça le tuait. Elle lui donnait son avis sur toutes ses amies qu'elle pouvait rencontrer. De Christiane, elle avait dit : «Mention passable, corps impeccable, distrayante une heure, ramifications du cerveau moyennes à lourdes, esprit centripète et pensées concentriques, trois idées-pivots, tourne en rond au bout de deux heures, va au lit, abnégation servile dans l'amour, même chose le lendemain. Diagnostic: ne pas abuser, changer si mieux. »

Ce n'était pas à cause de tout ça qu'Adamsberg s'appliquait ce soir à éviter Christiane. Peut-être à cause du regard de la jeune fille à la poste. Peut-être parce qu'il avait trouvé Christiane en train de l'attendre, certaine qu'il sourirait, certaine qu'il ouvrirait sa porte, et puis qu'il ouvrirait sa chemise, et puis son lit, certaine qu'elle ferait le café le lendemain. Certaine. Et Adamsberg, les certitudes que les autres posaient sur lui, ça l'assassinait. Ça lui donnait un désir irrépressible de décevoir. Et puis il avait pensé un peu trop à la petite chérie ces derniers temps, et pour un oui pour un non encore. Surtout, il avait réalisé en marchant cet après-midi que ça faisait neuf ans qu'il ne l'avait plus vue. Neuf ans, bon Dieu! Et tout d'un coup, il n'avait pas trouvé ça normal. Et il avait eu peur.

Jusqu'ici, il se l'était toujours figurée arpentant le monde sur le bateau d'un marin hollandais, puis sur le chameau d'un Berbère, puis s'exerçant au lancer sur les conseils d'un guerrier peul, puis mangeant trois croissants au *Café des Sports et des Artistes* à Belleville, puis chassant les cafards dans un lit d'hôtel au Caire.

Et aujourd'hui il se l'était figurée morte.

Il en avait été tellement saisi qu'il s'était arrêté pour boire un café, le feu au front, la sueur aux tempes. Il la voyait morte, depuis pas mal de temps déjà, le corps décomposé sous une dalle et contre elle dans sa tombe, le petit paquet d'ossements de Richard III. Il avait appelé au secours le chamelier berbère, le lancier peul, le marin hollandais et le tenancier du café de Belleville. Il les avait suppliés de revenir s'animer comme d'habitude devant ses yeux, de faire les marionnettes et de chasser cette dalle tombale. Mais ces quatre salauds de types étaient restés introuvables. Et ils laissaient le champ libre à la crainte. Morte morte morte. Camille morte. Bien sûr morte. Et tant qu'il l'avait imaginée vivante, même le trompant autant qu'il l'avait trompée, même l'escamotant de toutes ses pensées, même caressant les épaules du groom dans son lit de l'hôtel du Caire, après qu'il fut venu chasser les cafards, même photographiant tous les nuages du Canada – parce que Camille faisait collection de nuages à profil humain, ce qui était tout compte fait assez difficile à trouver – et même ayant oublié jusqu'à son visage et jusqu'à son nom, même avec tout cela, si Camille bougeait quelque part sur la terre, alors tout allait bien. Mais si Camille était morte ici ou là dans le monde, alors la vie s'étranglait. Alors ça ne valait peut-être plus autant le coup de s'agiter le matin et de courir le jour, si elle était morte, Camille, l'invraisemblable rejeton d'un dieu grec et d'une prostituée égyptienne, c'est comme ça qu'il voyait sa lignée. Ça ne valait peut-être plus autant le coup de s'énerver à chercher des assassins, à savoir combien on veut de sucres dans son café, à coucher avec Christiane, à regarder toutes les pierres de toutes les rues, si quelque part Camille ne faisait plus dilater la vie autour d'elle, avec ses choses du grave et du futile, l'une sur le front, l'autre sur les lèvres, qui se bouclaient toutes deux en un huit qui dessinait l'infini. Alors si Camille était morte, Adamsberg perdait la seule femme qui lui ait dit à voix basse un matin : « Jean-Baptiste, je vais à Ouahigouya. C'est aux sources de la Volta blanche. » Elle s'était détachée de lui, elle avait dit « Je t'aime », elle s'était habillée, et elle était sortie. Acheter du pain, il avait pensé. Elle n'était pas revenue, la petite chérie. Neuf ans. Il n'aurait pas tellement menti s'il avait dit : « J'ai bien connu Ouahigouya, j'y ai même vécu quelque temps. »

Avec tout ça, Christiane qui était là, certaine qu'elle allait faire le café demain, alors que la petite chérie avait crevé quelque part sans qu'il ait été là pour faire quelque chose. Et alors lui crèverait un jour sans avoir jamais revu la petite. Il imaginait que Mathilde Forestier pourrait le tirer de cette noirceur, même si ce n'était pas pour ça qu'il la cherchait. Mais il espérait qu'en la voyant, le film reprendrait où il en était resté, avec le groom dans l'hôtel du Caire.

Et Mathilde appela.

Il recommanda à Christiane, dégrisée, de s'endormir vite car il rentrerait tard, et il retrouva Mathilde Forestier une demi-heure plus tard chez elle.

*
* *

Et elle le reçut avec un plaisir qui desserra un peu le goulot où s'était étranglé le monde depuis quelques heures. Même, elle l'embrassa rapidement, pas vraiment sur la joue, pas vraiment sur les lèvres. Elle rit, elle dit que c'était délicieux, qu'elle avait le coup d'œil pour choisir l'endroit où il fallait embrasser, que pour ces choses-là elle était très observatrice, qu'il ne fallait pas s'alarmer parce qu'elle ne prenait comme amants que des hommes du même âge qu'elle, c'était un principe absolu, ça évitait les histoires et les comparaisons. Ensuite elle le mena par l'épaule jusqu'à une table où une vieille dame faisait des réussites et du courrier en même temps, et où un gigantesque aveugle semblait la conseiller dans les deux affaires. La table était ovale et transparente, avec de l'eau et des poissons dedans.

— C'est une table-aquarium, expliqua Mathilde. J'ai inventé ça un soir. Un peu clinquant, un peu facile… comme moi. Les poissons n'aiment pas que Clémence fasse des réussites. À chaque fois qu'elle claque une carte sur le verre, ça les fait fuir, vous voyez ?

— Elle est ratée, soupira Clémence, en repliant les cartes. C'est signe que je ne devrais pas répondre à l'annonce de l'homme conservé de soixante-six ans. Pourtant ça me tente. Je la sens bien, cette annonce.

— Vous en avez fait beaucoup, des annonces ? demanda Charles.

— Deux mille trois cent cinquante-quatre. Je n'ai jamais trouvé chaussure à mon pied. Faut croire que j'ai un sort. Je me dis, Clémence, tu n'y arriveras jamais, jamais.

— Mais si, dit Mathilde pour l'encourager, surtout si Charles veut bien vous aider à rédiger les réponses. C'est un homme, il sait ce qui plaît.

— Mais le produit ne paraît pas facile à vendre, dit Charles.

— Je compte sur vous pour trouver quand même un moyen, répondit Clémence qui avait l'air de ne se fâcher de rien.

Mathilde entraîna Adamsberg dans son bureau.

— On va s'installer à ma table cosmique, si ça ne vous ennuie pas. Ça me délasse.

Adamsberg examina une grande table de verre noir, percée de centaines de points lumineux éclairés par en dessous, qui représentaient toutes les constellations du ciel. C'était beau, un peu trop.

— Mes tables, elles n'ont aucun succès dans le commerce, dit Mathilde. En face de vous, continua-t-elle en posant son doigt sur la table, vous avez le Scorpion, ici le Serpentaire, et puis la Lyre, les Hercules, la Couronne. Ça vous plaît ? Moi je m'installe là, les coudes sur la constellation du Poisson austral. Et si ça se trouve, tout est faux. Et si ça se trouve, des milliers d'étoiles qu'on voit encore briller ont déjà disparu, ce qui fait que le ciel est démodé. Vous vous rendez compte, Adamsberg ? Le ciel démodé ? Et qu'est-ce que ça peut bien faire, si on le voit quand même ?

— Madame Forestier, dit Adamsberg, je voudrais que vous me conduisiez à l'homme aux cercles ce soir. Vous n'avez pas écouté la radio aujourd'hui ?

— Non, dit Mathilde.

— On a trouvé ce matin une femme égorgée dans l'un de ses cercles, à deux pas d'ici, rue Pierre-et-Marie-Curie. Une bonne grosse femme exempte de toute turpitude ayant pu entraîner son assassinat. L'homme aux cercles a passé la vitesse supérieure.

Mathilde posa son sombre visage sur ses poings, puis elle se leva avec brusquerie, sortit une bouteille de scotch et deux verres et posa le tout sur la constellation de l'Aigle entre eux deux.

— Je ne suis pas très bien ce soir, dit Adamsberg. La mort fait les cent pas dans ma tête.

— Ça se voit. Faut boire un coup, dit Mathilde. Parlez-moi d'abord de cette femme égorgée, on parlera de l'autre mort après.

— Quelle autre mort ? demanda Adamsberg.

— Il y en a forcément une autre, dit Mathilde. Si vous faisiez cette tête-là à chaque meurtre, ça fait longtemps que vous auriez changé de métier. Donc il y a une autre mort qui vous hache le cerveau en deux. Vous voulez que je vous mène à l'homme aux cercles pour l'arrêter ?

— C'est trop tôt. Je voudrais le repérer, je voudrais le voir, je voudrais le connaître.

— Je suis embêtée, Adamsberg, parce que cet homme et moi, on est devenus un peu complices. C'est un peu plus entre lui et moi que ce que je vous ai raconté l'autre fois. En fait, je l'ai déjà vu au moins douze fois, et à partir de la troisième fois, il avait repéré mon manège. Et tout en se gardant à distance, il se laissait faire par ma filature, il m'adressait des coups d'œil, des sourires peut-être, je ne sais pas, il se tenait toujours trop loin de moi, ou la tête basse. Mais la dernière fois, il m'a même fait un petit signe de la main avant de partir, j'en suis convaincue. Je ne voulais pas vous raconter tout ça l'autre jour, parce que je n'avais pas envie que vous me classiez parmi les maniaques. Après tout, les flics, on peut pas les empêcher de classer. Mais maintenant c'est différent puisque la police va le rechercher pour meurtre. Cet homme, Adamsberg, me semble inoffensif. J'ai assez traîné dans les rues la nuit pour savoir ressentir le danger. Avec lui, non. Il est petit, presque minuscule pour un homme, maigrichon, soigné, ses traits sont mobiles, inconstants, embrouillés, il n'est pas beau. Il a peut-être soixante-cinq ans. Avant de s'accroupir pour écrire sa phrase, il relève les pans de son imperméable pour ne pas les salir.

— Comment fait-il ses cercles, de l'intérieur, de l'extérieur ?

— De l'extérieur. Soudain, il tombe en arrêt devant une bricole et il sort tout de suite sa craie, comme s'il savait sans hésiter que c'était la bonne bricole pour ce soir. Il jette des regards autour de lui, il attend que la rue soit déserte, il ne veut pas être vu, sauf par moi qu'il semble tolérer, je ne sais pas dire pourquoi. Peut-être se doute-t-il que je peux le comprendre. Son opération lui prend vingt secondes environ. Il fait le grand cercle en tournant autour de l'objet, puis il s'accroupit pour écrire, toujours en jetant des regards partout. Ensuite il disparaît à la vitesse de la lumière. Il est vif comme le renard et il a l'air de connaître ses itinéraires. Il m'a toujours semée une fois le cercle fait et je n'ai jamais pu repérer son domicile. En tout cas, si vous arrêtez ce type, j'ai peur que vous ne fassiez une connerie.

— Je ne sais pas, dit Adamsberg. Il faut que je le voie d'abord. Comment l'avez-vous repéré ?

— Ce n'est pas magique, j'ai cherché. J'ai d'abord téléphoné à quelques amis journalistes qui s'intéressaient à son cas, au tout début. Ils m'ont donné les noms de ceux qui leur avaient signalé des cercles. J'ai appelé ces témoins. Ça vous paraîtra peut-être bizarre que je m'occupe tant de ce qui ne me regarde pas, mais c'est parce que vous ne travaillez pas sur les poissons. Quand on passe autant d'heures à scruter les poissons, on se dit qu'il y a quelque chose qui déraille, que ce serait tout de même le moins que de donner aussi de l'attention aux êtres humains, que de les regarder faire eux aussi. Enfin je vous expliquerai ça une autre fois. Et presque tous ces témoins avaient découvert les cercles avant minuit et demi, jamais plus tard. Comme l'homme aux cercles sillonnait tout Paris, j'ai pensé, très bien, ce type-là prend le métro, et il ne veut pas rater la dernière correspondance, c'est une hypothèse à tenter. C'est idiot, non? Mais deux cercles avaient été découverts vers deux heures du matin, dans le même périmètre, rue Notre-Dame-de-Lorette et rue de la Tour-d'Auvergne. Comme ce sont des rues passantes, j'ai imaginé que ces cercles avaient dû être tracés assez tard, après le dernier métro. Peut-être parce qu'il pouvait rentrer à pied, parce qu'il habitait tout à côté. Est-ce que jusqu'ici je ne suis pas trop embrouillée?

Adamsberg secoua la tête avec lenteur. Il admirait.

— Donc, j'ai pensé, avec de la chance, son métro, c'est Pigalle ou c'est Saint-Georges. J'ai planqué quatre soirs de suite à Pigalle : rien. Il y a eu pourtant deux cercles ces nuits-là dans le 17e et le 2e arrondissement, mais je n'ai vu personne d'adéquat entrer et sortir du métro entre dix heures et la fermeture des grilles. Alors j'ai essayé Saint-Georges. Là, j'ai remarqué un petit solitaire, les poings enfoncés dans les poches, le regard à terre, qui prenait une rame vers onze heures moins le quart. J'en ai vu d'autres aussi qui pouvaient correspondre à ce que je cherchais. Mais seul le petit solitaire est ressorti à minuit un quart et a recommencé les mêmes allées et venues quatre jours plus tard. Le lundi suivant, début de tranche 1, ère nouvelle, je suis retournée à Saint-Georges. Il est venu, je l'ai suivi. Ç'a été le soir de la recharge de stylo à bille. Parce que c'était bien lui, Adamsberg. D'autres fois, je l'ai attendu à la sortie du métro pour le suivre jusqu'à sa maison. Mais c'est là qu'il m'a toujours échappé. Je n'allais pas lui courir après, je ne suis pas policier.

— Je ne vais pas vous dire que c'est du travail fabuleux, ça ferait trop flic, mais tout de même, c'est du travail fabuleux.

Adamsberg employait souvent le mot fabuleux.

— C'est vrai, dit Mathilde, je m'en suis bien sortie, mieux que pour Charles Reyer en tous les cas.

— Au fait, il vous plaît?

— Il est mauvais comme une teigne, c'est une sale bête, mais ça ne me gêne pas. Ça fera un équilibre avec Clémence, la vieille dame que vous avez vue, qui est bonne jusqu'à la stupeur. On dirait parfois qu'elle le fait exprès. Charles n'aura pas plus de succès avec elle qu'avec moi pour la faire réagir. Ça lui fera du bien, ça lui usera les dents.

— À propos, elle a de drôles de dents Clémence.

— Vous avez remarqué ? Comme *Crocidura russula*, ça ne fait pas humain. Et puis ça doit décourager ses prétendants. Faudrait refaire les yeux de Charles, faudrait refaire les dents de Clémence, faudrait refaire le monde entier. Et après, qu'est-ce qu'on s'emmerderait. En se dépêchant, on pourrait être au métro Saint-Georges à dix heures, si c'est votre idée, mais je vous l'ai dit, Adamsberg, je ne crois pas que ce soit lui. Je crois que quelqu'un d'autre a utilisé son cercle après coup. C'est impossible, ça ?

— Il faudrait quelqu'un de sacrément au courant de ses habitudes.

— Je suis bien au courant, moi.

— Oui, et ne le dites pas trop fort, parce qu'on vous soupçonnerait d'avoir suivi l'homme aux cercles ce soir-là, puis d'avoir transporté votre victime assommée dans votre voiture jusqu'à la rue Pierre-et-Marie-Curie, enfin de l'avoir égorgée sur place, au centre du cercle, en veillant bien à ce qu'elle ne dépasse pas du trait. Mais ça paraît fastidieux, non ?

— Non. Je trouve que ça vaut même drôlement le coup, si c'est pour faire accuser un autre. C'est même très tentant, ce maniaque qui s'offre à la justice sur un plateau, et qui prépare en plus des cercles de deux mètres de diamètre, juste vastes pour un corps. Ça a pu donner envie de commettre un meurtre à pas mal de monde en fait.

— Et où la justice trouverait-elle le mobile, s'il est prouvé que la victime est une parfaite inconnue pour l'homme aux cercles?

— La justice conclura à un crime gratuit de maniaque.

— Il n'en présente aucun des signes classiques. Alors comment le meurtrier «vrai», selon votre hypothèse, pourrait-il être certain que l'homme aux cercles sera condamné à sa place?

— Quelle est votre idée, Adamsberg?

— Aucune, madame, aucune en vérité. Simplement, je sens ces cercles charrier leur malaise depuis le début. Je ne sais pas si leur auteur a tué cette femme à présent, et il se peut que vous ayez raison. Peut-être l'homme aux cercles n'est-il qu'une victime. Vous semblez réfléchir et tirer des conclusions bien mieux que moi, vous êtes une scientifique. Je ne procède pas avec ces étapes et ces déductions. Mais tout ce que je ressens pour le moment, c'est que l'homme aux cercles n'est pas un tendre, même s'il est votre protégé.

— Mais vous n'avez aucune preuve?

— Aucune. Mais j'ai voulu tout savoir sur lui depuis des semaines. Il était déjà dangereux à mes yeux quand il cerclait les cotons-tiges et les bigoudis. Il le reste donc aujourd'hui.

— Mais mon Dieu, Adamsberg, vous travaillez complètement à l'envers! C'est comme si vous disiez qu'un plat est pourri pour la seule raison que vous avez mal au cœur avant de passer à table!

— Je sais.

Adamsberg avait l'air contrarié par lui-même, ses yeux s'enfuyaient vers des rêves ou des cauchemars où Mathilde ne pouvait plus le suivre.

— Venez, dit-elle, on file à Saint-Georges. Si on a la chance de le voir, vous comprendrez pourquoi je le défends contre vous.

— Et pourquoi ? dit Adamsberg en se levant avec un sourire triste. Parce qu'un homme qui vous fait signe de la main ne peut pas être tout à fait mauvais ?

Il la regardait, la tête penchée de côté, les lèvres entremêlées on ne savait trop comment, et il était si beau comme cela que Mathilde sentit à nouveau qu'avec cet homme-là, la vie, ça allait aller un peu mieux. Charles, il fallait lui refaire les yeux, Clémence, il fallait lui refaire les dents, mais lui, il aurait fallu tout refaire sur son visage. Soit parce que c'était de travers, soit parce que c'était trop petit, soit parce que c'était trop grand. Mais Mathilde aurait interdit qu'on touche à quoi que ce soit là-dedans.

— Vous êtes trop joli, Adamsberg, dit-elle. Vous n'auriez pas dû être policier, vous auriez dû être pute.

— Mais je suis aussi une pute, madame Forestier. Comme vous.

— Alors ça doit être pour ça que je vous aime bien. Ça ne m'empêchera pas de vous prouver que mon intuition sur l'homme aux cercles vaut la vôtre. Attention, Adamsberg, vous ne le touchez pas ce soir, pas en ma présence, j'ai votre parole.

— C'est promis, je ne toucherai à rien du tout, dit Adamsberg.

En même temps, il pensa qu'il essaierait de faire pareil avec Christiane qui l'attendait toute nue dans son lit. Pourtant, une fille nue, ça ne se refuse pas. Comme disait Clémence, il y avait quelque chose qui clochait ce soir. Clémence clochait aussi d'ailleurs. Quant à Charles Reyer, c'était pire que clocher, il tressautait, au bord du hurlement intérieur, au bord du grand virage.

Quand il repassa dans la grande pièce à l'aquarium pour suivre Mathilde qui prenait son manteau, Charles parlait toujours à Clémence, qui l'écoutait avec intensité et tendresse, en tirant sur sa cigarette comme une apprentie. Et Charles disait :

— Ma grand-mère, elle est morte un soir parce qu'elle avait mangé trop de nonettes. Mais le vrai drame familial, ç'a été le lendemain quand on a trouvé papa attablé en train de finir les nonettes.

— D'accord, dit Clémence, mais qu'est-ce qu'on met pour ma lettre au type de soixante-six ans ?

— Bonne nuit, mes oiseaux, dit Mathilde au passage.

Mathilde, elle était déjà dans l'action, elle courait vers l'escalier, elle filait vers Saint-Georges. Mais Adamsberg n'avait jamais su se dépêcher.

— Saint Georges, lui cria Mathilde dans la rue en cherchant un taxi, ce n'est pas lui qui a terrassé le dragon ?

— Je ne sais pas, dit Adamsberg.

Un taxi les déposa à Saint-Georges à dix heures cinq.

— Ça va, dit Mathilde, on est dans les temps.

À onze heures et demie, l'homme aux cercles n'était toujours pas passé. Il y avait tout un tas de mégots autour des pieds de Mathilde et d'Adamsberg.

— Mauvais signe, dit Mathilde. Il ne viendra plus.

— Il s'est méfié, dit Adamsberg.

— Méfié de quoi ? D'être accusé du meurtre ? C'est absurde. Rien ne nous prouve qu'il ait écouté la radio, rien ne nous prouve qu'il soit au courant. Vous savez bien qu'il ne sort pas toutes les nuits, c'est aussi simple que ça.

— C'est vrai, il ne sait peut-être pas encore. Ou bien alors il sait et il s'est méfié. À présent qu'il se sait surveillé, il va modifier ses itinéraires. C'est certain. On va avoir un mal de chien à le trouver.

— Parce que c'est lui qui a tué, c'est ça, Adamsberg ?

— Je ne sais pas.

— Combien de fois par jour dites-vous « Je ne sais pas » et « Peut-être » ?

— Je ne sais pas.

— Je suis au courant de tout ce que vous avez réussi jusqu'ici, et sacrément réussi. Mais tout de même, quand on vous voit, on se demande. Vous êtes sûr que vous êtes bien à votre place dans la police ?

— Certain. Et puis je ne fais pas que ça.

— Par exemple ?

— Par exemple je griffonne.

— Griffonne quoi ?

— Des feuilles d'arbre et des feuilles d'arbre.

— Et c'est intéressant ? Parce qu'à moi, ça me paraît emmerdant comme la mort.

— Vous vous intéressez bien aux poissons, ce n'est pas mieux.

— Qu'est-ce que vous avez tous contre les poissons ? Mais pourquoi ne pas griffonner des visages ? C'est plus marrant tout de même.

— Plus tard. Bien plus tard ou bien jamais. Faut d'abord commencer par les feuilles d'arbre. N'importe quel Chinois vous le dira.

— Plus tard… Mais vous avez déjà quarante-cinq ans, non ?

— C'est vrai, mais je n'en crois pas un mot.

— Tiens, c'est comme moi.

Et puis comme Mathilde avait une flasque de cognac dans son manteau et que ça se rafraîchissait rudement, elle dit, c'est tranche 2, tout rate, on peut bien boire un coup.

Quand les grilles du métro se fermèrent, l'homme aux cercles n'était toujours pas apparu. Mais Adamsberg avait eu le temps de raconter à Mathilde que la petite chérie avait crevé quelque part dans le monde et qu'il n'avait même pas été là pour faire quelque chose contre. Mathilde avait eu l'air de trouver toute l'histoire passionnante. Elle avait dit que c'était une honte de laisser crever la petite, que le monde elle le connaissait comme le fond de sa poche, et qu'elle saurait bien trouver si la petite avait été enterrée avec son ouistiti ou non. Adamsberg se sentait surtout saoul comme une vache, parce qu'il n'avait pas trop l'habitude de boire. Il n'arrivait pas à prononcer correctement « Ouahigouya ».

*
* *

Vers la même heure, Danglard était dans un état à peu près identique. Les quatre jumeaux voulaient qu'il boive un grand verre d'eau, « pour diluer », disaient les mômes. En plus des quatre jumeaux, il y avait un petit garçon de cinq ans qui dormait en rond sur les genoux de Danglard, et celui-là, il n'avait pas osé en parler à Adamsberg. Celui-là, sa femme l'avait fait avec un homme aux yeux bleus, c'était évident, et elle l'avait laissé un jour à Danglard en disant que, à tant faire, c'était mieux que tous les petits soient ensemble. Deux fois des jumeaux plus un impair toujours roulé sur ses genoux, ça faisait donc cinq, et Danglard avait peur qu'en exposant tout cela, on ne le prenne pour un imbécile.

— Vous m'emmerdez à toujours vouloir me diluer, dit Danglard. Et toi, dit-il au premier garçon des premiers jumeaux, je ne trouve pas ça fameux que tu te verses du vin blanc dans des verres en plastique, sous prétexte que tu veux être compréhensif avec moi, sous prétexte que ça fait chic, sous prétexte que tu veux prouver que tu n'as pas peur du vin blanc dans les verres en plastique. De quoi va avoir l'air la maison s'il y a des verres en plastique partout ? Tu as pensé à ça, Édouard ?

— C'est pas pour ça, dit le garçon, c'est pour le goût, c'est pour la mollesse ensuite.

— Je ne veux pas le savoir, dit Danglard. La mollesse, tu t'en occuperas si monsieur le vicomte de Chateaubriand et quatre-vingt-dix filles te congédient et si tu deviens un flic bien habillé à l'extérieur et déliquescent à l'intérieur. Ça m'étonnerait que tu y arrives. Si on faisait conciliabule ce soir ?

Quand Danglard et ses mômes faisaient conciliabule, ça voulait dire qu'ils discutaient l'actualité policière. Ça pouvait prendre des heures, les mômes adoraient ça.

— Imaginez-vous, dit Danglard, que le Baptiseur s'est tiré toute la journée en nous laissant le merdier sur les bras. Ça m'a énervé tant et tant qu'à trois heures, j'étais fin saoul. Enfin, aucun doute, c'est bien le même homme qui a écrit autour des précédents cercles et autour de celui de la morte.

— « Victor, mauvais sort, que fais-tu dehors ? », récita Édouard, ou bien : « Édouard, dans ce bar, que fais-tu si tard ? » ou bien : « La vie, sale fourmi, pourquoi tu m'ennuies ? » ou bien : « Violence, mon engeance, laisse aller ta danse », ou…

— Ça suffit, bon Dieu, dit Danglard. Oui, « Victor, mauvais sort… », ça traîne avec soi le vice de la mort, et le malheur et la menace et tout ce que tu veux. C'est entendu, Adamsberg a senti ça le premier. Mais est-ce suffisant pour accuser l'homme ? Le graphologue est formel : il n'est pas fou, pas même déséquilibré, il est cultivé, anxieux de son paraître et de sa réussite en même temps qu'inabouti, et agressif en même temps que dissimulé, ce sont ses mots. Il dit aussi : « L'homme est âgé, en crise, mais il se maîtrise ; il est pessimiste, obsédé par sa fin, donc par son éternité. Ou bien c'est un raté sur le point de réussir, ou bien c'est un réussi sur le point de rater. » Le graphologue, il est comme ça, mes chéris, il retourne toutes ses phrases comme des doigts de gant, il les fait aller dans un sens et puis dans un autre. Par exemple, il ne pourrait pas parler du désir de l'espérance sans parler aussitôt de l'espérance du désir, et ainsi de suite. Sur l'instant, ça produit un effet intelligent, après quoi on réalise qu'il n'y a pas grand-chose à comprendre. Sauf que c'est le même type qui a fait jusqu'ici tous les cercles, un type sensé et lucide, et qu'il est sur le point de réussir ou de rater. Mais quant à savoir si on est venu mettre la morte après coup dans un cercle déjà fait, le labo dit que c'est impossible d'en décider. C'est possible que oui, c'est possible que non. Vous trouvez que c'est une réponse de chimiste? Et puis le cadavre lui-même, on ne peut pas dire qu'il fasse de son mieux pour aider: c'est un cadavre qui a eu une vie de poupée lisse comme un évier, sans intrication amoureuse, sans pathologie de famille, sans névrose d'argent, sans penchants sulfureux: rien. Rien que des pelotes de laine et des pelotes de laine, des congés en Touraine, des jupes aux mollets et des chaussures solides, un petit carnet pour écrire des mots, beaucoup de biscottes aux raisins dans les placards de la cuisine. Elle en parle d'ailleurs à une page de son carnet: «Impossible de manger des biscottes au travail, ça met des miettes partout et la patronne s'en aperçoit», et tout à l'avenant. Vous me direz: «Alors, qu'est-ce qu'elle foutait dehors hier soir?» Elle revenait de voir sa cousine qui travaille aux guichets de la station de métro Luxembourg. Elle y allait souvent, elle s'installait dans la petite cabine des billets, elle mangeait des chips en tricotant des gants «incas» qu'elle vendait à la boutique, et elle rentrait à pied, sans doute par la rue Pierre-et-Marie-Curie.

— C'est sa seule famille?

— Oui, et cette cousine héritera. Mais hériter de biscottes aux raisins et d'une boîte à sucre avec des billets dedans, je ne vois ni la cousine ni son mari égorger Madeleine Châtelain pour ça.

— Mais si quelqu'un avait voulu se servir d'un cercle, comment aurait-il pu savoir à l'avance où il serait tracé dans Paris cette nuit-là ?

— C'est la question, mes chéris. Mais on doit pouvoir y arriver.

Danglard se leva pour aller poser délicatement le petit Cinq, le petit René, dans son lit.

— Par exemple, continua-t-il, la nouvelle copine du commissaire, Mathilde Forestier, il paraît qu'elle a vu l'homme aux cercles. Adamsberg me l'a dit. J'arrive à nouveau à prononcer son nom. Ça me fait du bien, ces conciliabules.

— Pour le moment, c'est plutôt un monoliabule, dit Édouard.

— Et cette femme qui connaît l'homme aux cercles, elle m'inquiète, ajouta Danglard.

— Tu as dit l'autre jour, dit la première des seconds jumeaux, qu'elle était belle et tragique et cassée et rauque comme une pharamineuse pharaone déchue, mais elle ne t'avait pas inquiété.

— Tu n'as pas réfléchi avant de parler, petite fille. L'autre jour, personne n'avait encore été tué. À présent, je la revois entrer au commissariat sous un prétexte aberrant, faire la folle, arriver jusqu'à Adamsberg, parler de tout et de rien pour annoncer en fin de compte qu'elle connaît bien l'homme aux cercles. Une dizaine de jours avant le meurtre, ça tombe trop bien.

— Tu veux dire que préméditant de tuer Madeleine, elle serait venue voir Adamsberg pour faire l'innocente ? dit Lisa. Comme cette femme qui avait bousillé son grand-père, mais qui était venu te confier ses « pressentiments » un mois avant ? Tu te souviens ?

— Tu te rappelles cette sale femme ? Pas pharaonique du tout d'ailleurs et gelée comme un reptile.

Elle a failli s'en sortir. C'est le coup classique des meurtriers qui téléphonent pour annoncer la découverte du corps, mais en bien plus élaboré. Alors, l'irruption de Mathilde Forestier, ça y fait penser. On l'entend déjà protester : « Commissaire, je ne serais pas venue moi-même vous raconter que j'avais suivi l'homme aux cercles si j'avais eu l'intention de me servir de lui pour tuer ! » Une manœuvre dangereuse mais suprême, et qui serait assez dans son genre. Puisqu'elle est d'un genre assez suprême, vous avez compris ça.

— Et elle aurait voulu tuer la grosse Madeleine ?

— Non, dit Arlette, Madeleine, ce serait une pauvre dame tirée au sort pour amorcer une série, pour coller ça sur les reins du maniaque aux cercles. Le vrai meurtre, ça sera pour plus tard. C'est à ça qu'il pense, papa.

— Peut-être que c'est à ça qu'il pense, dit Danglard.

*
* *

Le lendemain matin, Mathilde croisa Charles Reyer en bas de l'escalier, penché devant sa porte. En réalité, elle se demanda s'il ne l'attendait pas, feignant de ne pas trouver le trou de la serrure. Pourtant il ne dit rien quand elle passa.

— Charles, dit Mathilde, vous collez votre œil aux trous de serrure ?

Charles se redressa, présentant un visage sinistre dans l'obscurité de la cage d'escalier.

— C'est vous, Reine Mathilde, qui faites d'aussi cruels jeux de mots ?

— C'est moi, Charles. Je vous devance. Vous connaissez le vieux principe : « Si tu veux la paix, prépare la guerre. »

Charles soupira.

— C'est bien, Mathilde. Alors aidez un pauvre aveugle à mettre sa clef dans la serrure. Je n'y suis pas encore habitué.

— C'est là, dit Mathilde en lui guidant la main. Voilà, c'est fermé. Charles, vous avez pensé quelque chose du flic qui est venu hier soir ?

— Non. Je n'arrivais pas à surprendre votre conversation, et puis je divertissais Clémence. Ce qui me plaît chez Clémence, c'est que c'est une tarée, et l'existence de tarés me fait beaucoup de bien.

— Aujourd'hui, j'ai l'intention de suivre un gars taré qui s'intéresse à la rotation mythique des tiges de tournesol, je voudrais bien savoir pourquoi. Ça peut me prendre la journée et la soirée entière. Alors, si ça ne vous ennuie pas, j'aimerais que vous alliez voir ce flic à ma place. C'est sur votre chemin.

— Qu'est-ce que vous préparez, Mathilde ? Vous êtes déjà arrivée à vos fins – et lesquelles ? – en me faisant venir vivre chez vous. Vous voulez me refaire les yeux, vous me mettez votre Clémence sur le dos pendant toute une soirée, et maintenant entre les pattes de ce policier... Mais pourquoi êtes-vous venue me chercher ? Pour faire quoi de moi ?

Mathilde haussa les épaules.

— Vous cherchez trop, Charles. On s'est croisés, voilà tout. Sauf si c'est une affaire de biomasse sous-marine, mes impulsions sont en général sans fondement. Et quand je vous entends, je regrette de n'en avoir pas un peu plus parfois, du fondement. Ça m'éviterait d'être coincée là sur une marche d'escalier à me faire estropier ma matinée par un aveugle de mauvaise humeur.

— Pardon, Mathilde. Qu'est-ce que vous voulez que je dise à Adamsberg ?

Charles appela son bureau pour prévenir qu'il serait en retard. Il avait envie de faire d'abord cette petite démarche au commissariat pour la Reine Mathilde, envie de lui rendre ce service, envie de lui faire plaisir. Essayer ce soir d'être doux avec elle, de lui confier qu'il espérait en elle, de lui dire gentiment qu'il lui avait gentiment rendu service. Il ne voulait pas massacrer Mathilde, c'était la dernière chose au monde qu'il souhaitait. Il voulait pour le moment se tenir à Mathilde, essayer de ne pas lâcher prise, essayer de ne pas se retourner pour la frapper. Continuer à l'écouter parler dans tous les sens, sa voix éraillée, sa vie funambule sur le point de se casser la gueule, faudrait lui rapporter un bijou ce soir, pour lui faire plaisir, une broche en or, non, pas une broche en or, un poulet à l'estragon, elle préfère sûrement un bon poulet à l'estragon, l'écouter dire n'importe quoi, glorieuse, et s'endormir le soir avec du champagne tiède dans les poches de son pyjama, si on a des poches, si on a un pyjama, faudrait pas lui retirer les yeux, faudrait pas la massacrer, faudrait lui acheter un bon poulet à l'estragon.

Il devait maintenant être arrivé à la hauteur du commissariat, mais il n'en était pas sûr, évidemment. Cela ne faisait pas partie des bâtiments dont il avait repéré l'emplacement. Il allait falloir demander. Hésitant, il rayait du bout de sa canne le trottoir devant lui, en marchant lentement. Il était perdu dans cette rue, c'était évident. Pourquoi Mathilde l'avait-elle envoyé là ? Il commençait à ressentir une vaste lassitude. Et quand la vaste lassitude venait, la fureur pouvait venir ensuite, se propulsant par accès mortels depuis le fond de son estomac jusqu'à sa gorge et investissant ensuite tout le cerveau.

Mal en point, une barre dans le front, Danglard arrivait au travail. Il vit cet immense aveugle immobilisé pas loin de l'entrée du commissariat, et sur son visage un hautain désespoir.

— Je peux vous aider ? lui demanda Danglard. Vous êtes perdu ?

— Et vous ? répondit Charles.

Danglard se passa la main dans les cheveux. Sale question. Est-ce qu'il était perdu ?

— Non, dit Danglard.

— Faux, dit Charles.

— De quoi vous mêlez-vous ? dit Danglard.

— Et vous ? dit Charles.

— Merde, dit Danglard. Démerdez-vous tout seul.

— Je cherche le commissariat.

— Vous tombez bien, j'en suis. Je vous y amène. Qu'est-ce que vous lui voulez au commissariat ?

— L'homme aux cercles, dit Charles. Je viens voir Jean-Baptiste Adamsberg. C'est votre patron, non ?

— C'est vrai, dit Danglard. Mais je ne sais pas s'il est déjà arrivé. Il est peut-être en train de flotter quelque part. Vous venez pour l'informer ou pour le consulter ? Parce que le patron, autant que vous le sachiez, ne donne jamais d'indications claires, qu'on les demande ou qu'on ne les demande pas, d'ailleurs. Alors, si vous êtes journaliste, vous feriez aussi bien d'aller rejoindre vos collègues, là-bas. Ils sont déjà toute une bande.

Ils arrivaient devant la porte cochère de l'entrée. Charles buta contre la marche et Danglard dut le rattraper par le bras. Derrière ses lunettes, dans ses yeux morts, Charles sentit monter une rage fugitive. Il dit très vite :

— Je ne suis pas journaliste.

Danglard fronça les sourcils et passa un doigt sur son front, alors qu'il savait pourtant qu'on ne retire pas un mal de tête en appuyant dessus avec le doigt.

Adamsberg était là. Danglard n'aurait pu dire qu'il était installé à son bureau ni même assis. Il était posé là, trop léger pour le grand fauteuil et trop dense pour le décor blanc et vert.

— M. Reyer voulait vous parler, dit Danglard.

Adamsberg leva les yeux. Il fut plus frappé encore que la veille par le visage de Charles. Mathilde avait raison, la beauté de l'aveugle était spectaculaire. Et Adamsberg admirait la beauté chez les autres, bien qu'ayant renoncé à la convoiter pour lui-même. D'ailleurs, il ne se souvenait pas avoir jamais désiré être à la place d'un autre.

— Restez aussi, Danglard, dit-il, ça fait longtemps qu'on ne s'est pas vus.

Charles chercha le contour d'un fauteuil et s'assit.

— Mathilde Forestier, dit-il, ne pourra pas vous accompagner ce soir au métro Saint-Georges comme elle l'avait promis. Voilà le message. Je ne fais que passer et transmettre.

— Et comment espère-t-elle que je puisse repérer sans elle l'homme aux cercles, puisqu'elle seule le connaît ? demanda Adamsberg.

— Elle y a pensé, répondit Charles en souriant. Elle dit que je peux faire l'affaire, parce qu'à ses sens, l'homme laisse dans son sillage une vague odeur de pomme pourrie. Elle dit que je n'ai qu'à attendre la tête levée et respirer à fond, que je serais un limier hors classe pour la pomme pourrie.

Charles haussa les épaules.

— Il n'en est pas question. Elle est très désobligeante parfois.

Adamsberg avait l'air préoccupé. Il s'était tourné de côté, il avait calé ses pieds sur la corbeille en plastique et appuyé un papier sur sa cuisse. Il avait l'air de vouloir se mettre à dessiner comme si de rien n'était mais Danglard pensait qu'il en allait autrement. Il voyait le visage d'Adamsberg plus brun que d'habitude, le nez

plus marqué, les dents qui se serraient et se desser-
raient.

— Oui, Danglard, dit-il à voix assez basse, on ne
peut rien faire si Mme Forestier ne guide pas la
ronde. Vous diriez que c'est bizarre, n'est-ce pas ?

Charles fit un mouvement pour partir.

— Non, monsieur Reyer, restez, continua Adamsberg sur le même ton. C'est embêtant, j'ai reçu un
coup de fil anonyme ce matin. Une voix qui m'a dit :
« Connaissez-vous l'article paru il y a deux mois dans
la gazette *Tout le 5ᵉ en cinq pages* ? Alors, commissaire,
pourquoi ne questionnez-vous pas ceux qui savent ? »
Et on a raccroché. La voilà, cette gazette, je viens de
me la procurer. C'est un torchon mais ça compte pas
mal de lecteurs. Tenez, Danglard, lisez-nous ça, en
haut de la page 2. Vous savez que je lis mal à haute
voix.

— « Une connaisseuse…

« Qu'une partie de la presse s'amuse à s'attacher aux
faits et gestes d'un pauvre fou dont la vaine occupa-
tion consiste à entourer à la craie de vieilles capsules
de bière, ce qui est à la portée du premier enfant venu,
ne fait que trahir l'affligeante conception de leur
métier dont témoignent, hélas, trop de nos confrères.
Mais que les scientifiques s'en mêlent aussi augure
mal de la recherche française. Hier encore, l'éminent
psychiatre Vercors-Laury consacrait une colonne
entière à ce piètre fait divers. Mais ce n'est pas tout.
Les échos mondains de notre quartier révèlent que
Mathilde Forestier, réputée dans le monde entier
pour ses travaux sur le monde sous-marin, se penche
à son tour au chevet de ce pitoyable amuseur
public. Il semblerait qu'elle ait poussé ses efforts jusqu'à le bien connaître et même l'accompagner dans
ses grotesques rondes nocturnes, ce qui ferait d'elle
la seule personne à avoir percé le "mystère des

cercles". La belle affaire. Elle aurait elle-même dévoilé ce secret au cours d'une soirée bien arrosée au *Dodin Bouffant*, où l'on fêtait la sortie de son dernier ouvrage. Certes, notre arrondissement s'est toujours enorgueilli de compter cette célébrité parmi ses occupants de longue date, mais Mme Forestier ne ferait-elle pas mieux de dépenser les deniers de l'État au profit de ses chers poissons plutôt qu'à la traque d'un imbécile peut-être malfaisant, d'un maniaque déséquilibré, que les infantiles imprudences de notre grande dame risqueraient bien d'attirer dans notre quartier, jusque-là épargné par les cercles ? Il existe des poissons dont le seul contact est mortel. Mme Forestier en sait long là-dessus, et nous n'allons pas lui faire la leçon en son domaine. Mais que sait-elle des poissons des villes et de leurs dangers ? Ne risque-t-elle pas, en flattant de tels comportements, de réveiller l'eau qui dort ? Et pourquoi jouer à tirer cette proie dans ses filets jusqu'au cœur de notre arrondissement, suscitant un déplaisir légitime chez nous ? »

« Ce qui fait, dit Danglard en reposant le journal sur la table, que la personne qui vous a appelé a pris connaissance du meurtre hier ou ce matin et vous a aussitôt contacté. C'est une rapide, et qui ne porte pas Mme Forestier dans son cœur, on dirait.

— Et ensuite ? demanda Adamsberg, toujours placé de côté, toujours remuant les mâchoires.

— Ensuite, cela veut dire que, grâce à cet article, des tas de gens avaient depuis longtemps appris que Mme Forestier possédait quelques petits secrets. Ils pouvaient désirer les connaître à leur tour.

— Et pourquoi ?

— Dans l'hypothèse bénigne, pour faire de la copie pour un journal. Dans l'hypothèse maligne, pour se défaire d'une belle-mère, pour la coller dans un cercle et faire porter le chapeau au nouveau maniaque de Paris. Cette idée a dû faire le tour de quelques cerveaux simples et frustrés, trop lâches pour endosser les risques d'un crime à ciel ouvert. L'occasion offerte était belle, encore fallait-il pouvoir connaître quelques habitudes de l'homme aux cercles. Avec quelques verres dans le ventre, Mathilde Forestier était une informatrice tout indiquée.

— Et puis après ?

— Après, on peut par exemple se demander par quel hasard M. Charles Reyer s'est établi chez Mathilde quelques jours avant le meurtre.

Danglard était comme ça. Ça ne le gênait pas de bougonner des phrases de ce genre devant ceux mêmes qu'il accusait. Adamsberg se savait incapable d'être direct de cette manière, et il trouvait utile que Danglard n'ait pas cette appréhension de blesser les autres. Appréhension qui lui faisait souvent dire n'importe quoi, sauf ce qu'il pensait. Et pour un flic, ça donnait des résultats imprévus et pas toujours bons sur le moment.

Après ça, il y eut un long silence dans le bureau. Danglard avait toujours un doigt appuyé sur le front.

Charles s'était attendu à un piège mais il n'avait pu faire autrement que de sursauter. Dans le noir, il imaginait Adamsberg et Danglard posant leur regard sur lui.

— Très bien, dit Charles au bout d'un moment. Je loue chez Mathilde Forestier depuis cinq jours. Avec ça vous en savez autant que moi. Pas envie de vous répondre, pas envie de me défendre. Je ne comprends rien à votre sale affaire.

— Moi non plus, dit Adamsberg.

Danglard fut gêné. Il aurait préféré qu'Adamsberg ne fasse pas l'aveu de ses ignorances devant Reyer. Le commissaire avait commencé à griffonner sur son genou. Il lui déplaisait qu'Adamsberg en reste là, dans ce flou, passif et négligent, sans poser aucune question pour essayer d'en sortir.

— Tout de même, insista Danglard, pourquoi avoir voulu loger chez elle ?

— Et merde ! s'énerva Charles. C'est Mathilde qui est venue me trouver à mon hôtel pour me proposer cet appartement !

— Mais c'est vous qui êtes venu vous asseoir près d'elle au café, non ? Et c'est vous qui lui avez raconté, on ne sait pas pourquoi, que vous cherchiez un appartement à louer ?

— Si vous étiez aveugle, vous sauriez que ce n'est pas à ma portée de reconnaître quelqu'un à une terrasse de café.

— Je vous crois capable de savoir faire des tas de trucs hors de portée.

— Ça va comme ça, dit Adamsberg. Où est Mathilde Forestier ?

— Elle est en train de suivre un type qui croit à la rotation des tournesols.

— Puisqu'on ne peut rien faire et rien savoir, dit Adamsberg, laissons tomber.

Cet argument désola Danglard. Il proposa de chercher Mathilde pour en savoir plus tout de suite, de mettre un homme en faction chez elle pour l'attendre, de faire un tour à l'Institut océanographique.

— Non, Danglard, on ne va pas faire tout ça. Elle reviendra. Ce qu'il faut, c'est poster des hommes ce soir aux métros Saint-Georges, Pigalle et Notre-Dame-de-Lorette, avec une description de l'homme aux cercles. Par acquit de conscience. Et puis attendre. L'homme à l'odeur de pomme pourrie va recommencer ses cercles, c'est inévitable. Alors on va attendre. Mais on n'a aucune chance de le repérer. Il va modifier ses trajets.

— Mais qu'est-ce que ça peut nous faire, ses cercles, si ce n'est pas lui qui tue ? dit Danglard en se levant et en faisant de grands mouvements mous dans la pièce. Lui! Lui! On s'en fout, au fond, de ce pauvre bonhomme! C'est celui qui l'utilise qui nous intéresse!

— Pas moi, dit Adamsberg. Alors on cherche l'homme aux cercles, toujours.

Danglard se leva, assez accablé. Il lui faudrait beaucoup de temps pour s'habituer à Adamsberg.

Charles sentait toute cette confusion dans la pièce. Il sentait le vague désarroi de Danglard et les indécisions d'Adamsberg.

— De vous et de moi, commissaire, dit Charles, qui va à l'aveuglette?

Adamsberg sourit.

— Je ne sais pas, dit-il.

— Avec cette histoire de coup de fil anonyme, je suppose que je dois rester à votre disposition, comme on dit? continua Charles.

— Je ne sais pas trop, dit Adamsberg. Rien en tous les cas qui pour le moment puisse vous gêner dans votre travail. Ne vous inquiétez pas.

— Mon travail ne m'inquiète pas, commissaire.

— Je sais. Je disais ça comme ça.

Charles entendait le bruit d'un crayon qui glissait sur une feuille. Il supposa que le commissaire dessinait tout en parlant.

— Je ne sais pas comment un aveugle pourrait se débrouiller pour tuer. Mais je suis suspect, n'est-ce pas?

Adamsberg eut un geste évasif.

— Disons que vous avez mal choisi votre moment pour venir habiter chez Mathilde Forestier. Disons que pour une raison ou une autre, on a pu s'intéresser récemment à elle, et à ce qu'elle savait, pour autant qu'elle nous ait tout dit d'ailleurs. Danglard vous expliquera ça. Danglard est sacrément intelligent, vous verrez. C'est reposant de travailler à côté de lui. Disons aussi que vous êtes un peu plus mauvais qu'un autre, ce qui n'arrange rien.

— Qu'est-ce qui vous fait croire ça ? demanda Charles en souriant, d'un méchant sourire, jugea Adamsberg.

— Mme Forestier le dit.

Pour la première fois, Charles fut troublé.

— Oui, elle dit ça, répéta Adamsberg. « Mauvais comme une teigne mais je l'aime bien. » Et vous aussi vous l'aimez bien. Parce que saisir Mathilde, monsieur Reyer, ça ferait du bien, ça ferait dans les yeux du noir qui brille, ciré comme du cuir. Ça ferait ça à pas mal de monde. Danglard, lui, il ne l'aime pas, si, Danglard, c'est vrai. Il lui en veut pour des raisons que, une fois encore, il saurait bien expliquer lui-même. Il est même tenté de lui faire du tort. Il doit déjà trouver curieux que cette Mathilde soit venue au commissariat me parler de l'homme aux cercles à la pomme pourrie bien avant le meurtre. Et il a raison, c'est très bizarre. Mais tout est bizarre. Même la pomme pourrie. De toute façon, il n'y a qu'à attendre.

Adamsberg se remit à dessiner.

— C'est ça, dit Danglard. Attendons.

Il n'était pas de très bonne humeur. Il raccompagna Charles jusqu'à la rue.

Il reprit le couloir en marmonnant, un doigt toujours pressé sur le front. Oui, comme il avait son grand corps en forme de quille, il en voulait à Mathilde qui était le genre de femme à ne pas coucher avec les corps en forme de quille. Alors il aurait aimé qu'elle soit quand même coupable de quelque chose. Et cette affaire d'article la mettait dans un sale bain. Ça allait sûrement intéresser les mômes. Mais il avait juré depuis l'erreur de la jeune fille de la bijouterie de ne plus jamais travailler qu'avec les preuves et les faits et avec aucune des autres saloperies qui vous traversent le cerveau. Alors pour Mathilde, il fallait y aller avec prudence.

*
* *

Charles resta énervé toute la matinée. Ses doigts passaient sur les perforations des livres en tremblant un peu.

Mathilde aussi était énervée. Elle venait de perdre l'homme aux tournesols. Le truc idiot, il avait sauté dans un taxi. Elle se retrouva au milieu de la place de l'Opéra, déçue et désorientée. En tranche 1, elle aurait aussitôt commandé un demi-pression. Mais il ne fallait surtout pas trop s'en faire dans une tranche 2. Suivre quelqu'un d'autre au hasard ? Pourquoi pas ? D'un autre côté, il était presque midi, et elle n'était pas loin du bureau de Charles. Elle pourrait passer le prendre pour déjeuner. Elle avait été un peu rude ce matin avec lui, sous prétexte qu'en tranche 2 on peut dire tout ce qui passe par la tête, et ça lui faisait mal d'en rester là.

Elle attrapa Charles par l'épaule juste quand il sortait de l'immeuble de la rue Saint-Marc.

— J'ai faim, dit Mathilde.

— Vous tombez bien, dit Charles. Tous les flics de la terre pensent à vous. Il y a eu comme une petite dénonciation à votre sujet ce matin.

Mathilde s'était installée sur une banquette au fond du restaurant et rien dans sa voix n'indiquait à Charles que cette nouvelle la démontait.

— Tout de même, insista Charles, il n'y a pas loin pour que les flics pensent que vous êtes la mieux placée pour avoir prêté main-forte au meurtrier. Vous étiez la seule sans doute à pouvoir lui indiquer temps et lieu pour trouver un cercle propice à son assassinat. Pire, vous êtes même très indiquée pour avoir commis le meurtre vous-même. Avec vos sales manies, Mathilde, on va avoir des sales ennuis.

Mathilde rit. Elle commanda des piles de plats. C'est vrai qu'elle avait faim.

— C'est formidable, dit Mathilde, il m'arrive tout le temps des choses pas ordinaires. C'est mon lot. Alors, une de plus une de moins... Le soir du *Dodin Bouffant*, on était sûrement en tranche 2, et j'ai dû boire beaucoup et dire pas mal de conneries. Je n'ai d'ailleurs pas gardé de la soirée un souvenir très net. Vous verrez, Adamsberg comprendra très bien ça, et il n'ira pas se torturer à chercher l'impossible jusqu'au bout du monde.

— Je crois que vous le sous-estimez, Mathilde.

— Je ne crois pas, dit Mathilde.

— Si. Plein de monde le sous-estime, mais sans doute pas Danglard, et en tout cas pas moi. Je sais, Mathilde, la voix d'Adamsberg est comme un rêve, elle berce, elle vous charme et elle vous endort, mais lui-même ne s'y endort pas. Sa voix charrie des images lointaines et des pensées indécises mais elle va vers des accomplissements inexorables, dont il est peut-être le dernier à avoir idée.

— Je peux manger quand même ? demanda Mathilde.

— Bien sûr. Adamsberg, sachez-le bien, n'attaque pas, mais il vous transforme, il vous contourne, il revient par-derrière, il désamorce et tout compte fait il vous désarme. Il ne pourrait être ni traqué ni saisi, pas même par vous, Reine Mathilde. Il vous échappera toujours, par cette douceur, ou par cette indifférence soudaine. Alors pour vous, pour moi, pour n'importe qui, il pourra être bénéfique ou fatal comme un soleil de printemps. Tout dépend comment on s'y expose. Et pour un assassin, il est un foutu adversaire, autant que vous le sachiez. Si j'avais tué, je préférerais un flic que je puisse espérer faire réagir, un flic qui ne se mette pas à couler comme de l'eau pour soudain résister comme de la pierre. Il coule et il résiste, il file en flottant vers un but, vers un estuaire. Alors un assassin là-dedans, bien sûr il peut se noyer.

— Un but ? Ça n'a pas de sens d'avoir un but. C'est bon pour les gosses, dit Mathilde.

— Peut-être ce levier merdique qui soulève le monde, peut-être l'œil – encore un œil, Mathilde –, l'œil merdique du cyclone, là où c'est autre chose, où il y a peut-être la connaissance, l'éternité fragile. Vous n'avez jamais pensé à ça, Mathilde ?

Mathilde s'en était arrêtée de manger.

— Vous m'épatez, Charles, vraiment. Vous dites tout cela avec l'assurance et les métaphores d'un curé, mais vous n'avez fait que l'entendre parler une heure ce matin.

— Je suis devenu comme un chien, Mathilde, maugréa Charles. Un chien qui entend plus que les hommes et qui sent plus que les hommes. Un sale chien qui peut faire mille kilomètres en ligne droite pour retrouver sa maison. Alors moi aussi, par d'autres chemins qu'Adamsberg, je sais des choses. Nos points communs s'arrêtent là. Je me crois, moi, la personne la plus intelligente de la terre, et ma voix est métallique et elle grince. Elle coupe, elle tord, et mon cerveau fonctionne comme une sale machine à sérier les données et tout savoir sur tout. Et de but, d'estuaire, je ne m'en connais plus. Plus la candeur ou plus la force de m'imaginer que les cyclones ont des yeux. J'ai renoncé à ces foutaises, trop tenté par les mesquineries et par les revanches qui s'offrent pour soulager chaque jour mes impuissances. Mais Adamsberg n'a pas besoin de se distraire pour vivre, vous me comprenez ? Donc il vit, en mélangeant tout d'ailleurs, en mélangeant les grandes idées et les petits détails, en mélangeant les impressions et les réalités, en mélangeant les verbes et les pensées. En confondant la croyance des enfants et la philosophie des vieux. Mais il est vrai, et il est dangereux.

— Vous m'épatez, répéta Mathilde. Je ne peux pas dire que j'aurais rêvé un fils comme vous, parce que je me serais fait un continuel sang d'encre, mais vous m'épatez. Je commence à comprendre pourquoi vous vous foutez des poissons.

— C'est sans doute vous qui avez raison, Mathilde, de trouver quelque chose à aimer dans ces bestioles visqueuses à l'œil rond qui ne sont même pas bonnes à nourrir un homme. Moi, ça me serait égal que tous les poissons meurent.

— Vous avez l'art de me mettre en tête des idées impossibles pour une tranche 2. Même à vous ça vous fait du mal, vous êtes en sueur. Ne vous inquiétez donc pas tant pour Adamsberg. De toute façon, il est gentil, non ?

— Certes, dit Charles, il est gentil. Il dit beaucoup de choses gentilles, Adamsberg. Et je ne comprends pas que ça ne vous inquiète pas.

— Vous m'épatez, Charles, répéta encore Mathilde.

*
* *

Aussitôt après le déjeuner, Adamsberg décida de tenter quelque chose.

Inspiré par l'exemple du petit calepin trouvé sur la morte, il acheta un carnet qu'on pouvait glisser dans la poche arrière de son pantalon. De sorte que s'il avait une pensée intéressante, il pourrait la noter. Non qu'il en espérât des merveilles. Mais il se disait qu'une fois le carnet achevé, l'effet d'ensemble pourrait être pertinent, lui proposer quelques accès à lui-même.

Il avait l'impression de n'avoir jamais tant vécu au jour le jour qu'en ce moment. Il avait déjà remarqué ça de nombreuses fois : plus il avait de soucis pressants, le talonnant de leur urgence et de leur gravité, plus son cerveau faisait le mort. Il se mettait alors à vivre de petits riens, étranger et insouciant, se dépouillant de toutes pensées et de toutes qualités, l'âme vacante, le cœur creux, l'esprit fixé sur les plus courtes longueurs d'onde. Cet état, cette étendue d'indifférence qui décourageait tout son entourage, il le connaissait bien mais il le maîtrisait mal. Parce qu'insouciant, débarrassé des problèmes de la planète, il était calme, plutôt heureux. Mais à mesure des jours, l'indifférence faisait avec discrétion des ravages tels que tout s'y décolorait. Les êtres lui devenaient transparents, tous identiques à force de lui sembler lointains. Jusqu'à ce que, parvenu à quelque terme de ses informels dégoûts, lui-même ne se sente plus aucune densité, aucune importance, et se laisse porter au gré du quotidien des autres, plus disposé à leur rendre une foule de menus services qu'il leur devenait parfaitement étranger. La mécanique de son corps et de ses paroles automatiques assurait la poursuite des jours, mais lui n'y était plus pour personne. Ainsi, largement privé de lui-même, Adamsberg ne s'inquiétait pas et ne se formulait plus rien. Ce désintérêt de toutes choses n'avait même pas le relent paniquant du vide, cette apathie de l'âme ne charriait pas même les affres de l'ennui.

Mais bon Dieu, c'était venu vite.

Il se souvenait parfaitement de toutes les turbulences qui hier encore l'avaient secoué quand il avait pensé que Camille était morte. Et à présent, même le mot « turbulence » lui semblait dénué de sens. Qu'est-ce que ça pouvait bien être, des turbulences ? Camille morte ? Très bien et puis après ? Madeleine Châtelain égorgée, l'homme aux cercles en liberté, Christiane qui l'assiégeait, Danglard qui était triste, se démerder avec tout ça, mais à quoi bon ?

Alors il s'assit au café, il sortit son carnet et il attendit. Il surveillait les pensées qui filaient dans sa tête. Elles lui semblaient certes avoir un milieu, mais ni début, ni fin. Alors comment les transcrire ? Dégoûté mais toujours serein, il écrivit au bout d'une heure :

Je n'ai rien trouvé à penser.

Et puis du café, il appela chez Mathilde. Ce fut Clémence Valmont qui répondit. La voix discordante de la vieille lui rendit une sensation de réalité, l'idée de quelque chose à faire avant de s'en foutre complètement de crever. Mathilde était rentrée. Il voulait la voir, mais pas chez elle. Il lui fixa rendez-vous à cinq heures à son bureau.

De manière inattendue, Mathilde fut à l'heure. Elle s'en étonna elle-même.

— Je ne comprends pas, dit-elle. Ce doit être « l'effet policier », je suppose.

Et puis elle regarda Adamsberg, qui ne crayonnait pas, et qui, les jambes étendues devant lui, une main dans une poche de pantalon, une autre laissant fumer une cigarette au bout des doigts, paraissait désintégré dans une nonchalance diffuse qu'on n'aurait pas su par quelle poignée prendre. Mais Mathilde le pressentait capable de savoir faire son métier, même comme ça, ou surtout comme ça.

— J'ai l'impression qu'on va moins s'amuser que la dernière fois, dit Mathilde.

— Peut-être bien, répondit Adamsberg.

— C'est ridicule de me faire tout ce cérémonial de la convocation au bureau. Vous auriez mieux fait de venir au Grondin volant, on aurait bu un coup, et puis on aurait dîné. Clémence a préparé une sorte de plat répulsif bien de chez elle.

— Elle est d'où ?

— De Neuilly.

— Ah. Ce n'est pas l'exotisme. Mais je ne vous fais pas de cérémonial. J'ai besoin de vous parler, et je n'ai pas envie de m'agréger au Grondin volant ou à tout ce que vous voudrez.

— Parce qu'il ne faut pas qu'un policier dîne avec ses suspects ?

— Mais si, au contraire, dit Adamsberg d'une voix lasse. L'intimité avec les suspects fait même partie des choses recommandées. Mais là-bas, chez vous, c'est le défilé perpétuel, c'est évident. Aveugles, vieilles folles, étudiants, philosophes, voisins du dessus, voisins du dessous, on est courtisan de la Reine ou rien du tout, vous ne croyez pas ? Et moi, je n'aime ni être courtisan, ni être rien du tout. Et puis je ne sais pas pourquoi je dis ça, en fait ça n'a aucune importance.

Mathilde rit.

— Compris, dit-elle. À l'avenir, nous nous rencontrerons au café, par exemple, ou sur les ponts de Paris, dans ces lieux neutres où s'établit l'égalité. Comme deux braves républicains. On peut en fumer une maintenant ?

— On peut. Cet article de la gazette du 5e, madame Forestier, vous le connaissiez ?

— Jamais entendu parler de cette saloperie avant que Charles ne me le récite de mémoire à midi. Et ce dont j'ai pu me vanter au *Dodin Bouffant*, inutile que j'essaie de me le rappeler. Tout ce que je peux certifier, c'est que quand j'ai bu, ma fiction dépasse de trente fois ma réalité. Que j'aie pu raconter que l'homme aux cercles partageait mon dîner, voire ma baignoire et mon lit, et qu'on préparait ensemble ses pitreries nocturnes, pas impossible. Rien n'est assez bon pour moi s'il s'agit de séduire. Alors vous imaginez. À certains moments, je me comporte comme une véritable catastrophe naturelle, à ce que dit mon ami philosophe, bien sûr.

Adamsberg fit la moue.

— Moi, dit-il, ça m'est difficile d'oublier que vous êtes une scientifique. Je ne vous crois pas aussi imprévisible que vous souhaiteriez l'être.

— Alors, Adamsberg, j'ai égorgé Madeleine Châtelain ? C'est vrai que pour ce soir-là, je n'ai pas d'alibi présentable. Personne ne surveille mes allées et venues. Pas d'homme dans mon lit en ce moment, pas de gardien à la porte. Libre comme le vent, légère comme les souris. Dites-moi ce que m'avait fait cette pauvre femme ?

— À chacun ses secrets. Danglard dirait qu'à force de suivre des milliers de gens, Madeleine Châtelain doit bien figurer quelque part dans vos notes.

— Possible.

— Il ajouterait que dans votre existence sous-marine, vous avez éventré au couteau deux requins bleus. Détermination, courage, force.

— Voyons, vous n'allez pas vous abriter derrière les argumentations des autres pour attaquer ? Danglard ceci, Danglard cela. Et vous-même alors ?

— Danglard est un penseur. Je l'écoute. Quant à moi, une seule chose m'importe : l'homme aux cercles et ses occupations maudites. Rien d'autre ne m'intrigue. Et Charles Reyer, vous connaissez quelque chose de lui ? Impossible de savoir lequel de vous deux a cherché l'autre. On dirait que c'est vous, mais il aurait pu vous forcer la main.

Il y eut un silence, et Mathilde dit :

— Pensez-vous vraiment que je me laisse manœuvrer comme ça ?

Au ton différent de Mathilde, Adamsberg interrompit le crayonnage qu'il avait repris. En face de lui, elle le dévisageait en souriant, superbe et généreuse, mais sûre d'elle, mais royale, comme pouvant faire et défaire son bureau et le monde d'une simple moquerie. Alors il parla lentement, hasardant les idées nouvelles que suggérait le regard de Mathilde. Une main sur la joue, il dit :

— Lorsque vous êtes venue au commissariat la première fois, ce n'était pas pour chercher Charles Reyer, n'est-ce pas ?

Mathilde riait.

— Si. Je le cherchais ! Mais j'aurais pu le localiser sans votre aide, vous savez.

— Bien sûr. J'ai été idiot. Mais vous mentez de manière magnifique. Alors ? À quoi jouons-nous ? Qui cherchiez-vous en venant ici ? Moi ?

— Vous.

— Simple curiosité parce que les journaux avaient annoncé ma nomination ? Vous vouliez me rajouter dans vos notes ? Non, ce n'est pas ça, non.

— Non, bien sûr que non, dit Mathilde.

— Pour me parler de l'homme aux cercles, comme le suppose Danglard ?

— Même pas. Sans les articles calés sous le pied de votre lampe, je n'y aurais pas pensé. Vous pouvez ne pas me croire, à présent que vous savez que je mens comme je respire.

Adamsberg secouait la tête. Il se sentait en porte à faux.

— J'avais simplement reçu une lettre, reprit Mathilde : « J'apprends que Jean-Baptiste est nommé à Paris. S'il te plaît, va voir. » Alors je suis venue voir, c'est tout naturel. Il n'y a pas de coïncidence dans la vie, vous le savez bien.

Mathilde tirait sur sa cigarette en souriant. Elle s'amusait bien, Mathilde. Elle s'en payait une sacrée tranche.

— Allez jusqu'au bout, madame Forestier. Une lettre de qui ? De qui parlons-nous ?

Mathilde se leva en riant encore.

— De notre belle promeneuse. Plus douce que moi, plus farouche, moins pute et moins déglinguée. Ma fille. Camille, ma fille. Mais vous aviez raison sur un point, Adamsberg : Richard III est mort.

Ensuite, Adamsberg ne sut dire si Mathilde était partie tout de suite ou peu après. Aussi désabusé pouvait-il être en ce moment, une seule chose avait retenti dans sa tête : vivante. Camille vivante. La petite chérie n'importe où et aimée par n'importe qui, mais respirant, le front buté, le nez busqué, les lèvres tendres, sa sagesse, sa futilité, sa silhouette, vivantes.

Ce n'est que plus tard en marchant dans la rue pour rentrer chez lui – il avait fait poster des hommes ce soir aux métros Saint-Georges et Pigalle en pressentant que ça ne donnerait rien – qu'il prit conscience de ce qu'il avait appris. Camille était la fille de Mathilde Forestier. Bien sûr. Même mystificatrice comme l'était Mathilde, ce n'était pas la peine de vérifier. Des profils pareils, ça ne se fabrique pas à des milliers d'exemplaires.

Pas de coïncidence. La petite chérie, quelque part sur la terre, avait lu la presse française, appris sa nomination, et écrit à sa mère. Peut-être lui écrivait-elle souvent. Ou peut-être même se voyaient-elles souvent. Si ça se trouve, Mathilde se débrouillait pour faire correspondre les destinations de ses expéditions scientifiques avec les lieux où séjournait sa fille. C'était même certain. Il n'avait qu'à savoir sur quelles côtes Mathilde avait accosté toutes ces dernières années pour savoir où Camille s'était promenée. Alors il avait eu raison. Elle se promenait, perdue, insaisissable. Insaisissable. Il réalisa cela. Il ne la saisirait plus jamais. Mais elle avait voulu savoir ce qu'il devenait. Il n'avait pas fondu comme cire dans l'esprit de

Camille. Mais de cela, il n'avait jamais trop douté. Non qu'il se crût inoubliable. Mais il sentait qu'un bout de lui s'était calé comme une petite pierre au fond de Camille, et qu'elle devait en être un tant soit peu alourdie. C'était obligé. Il fallait que cela soit ainsi. Aussi vain soit à ses yeux l'amour des hommes, et quelque désobligeante soit à ce jour son humeur, il ne pouvait admettre qu'il ne demeure pas de cet amour-là une parcelle magnétisée dans le corps de Camille. De même qu'il savait, bien qu'y pensant rarement, qu'il n'avait jamais tout à fait laissé se dissoudre l'existence de Camille en lui, et il n'aurait pas su dire pourquoi, puisqu'il n'y avait jamais réfléchi.

Ce qui le tracassait, l'arrachait même aux contrées lointaines où son indifférence l'avait fait progresser tout au long de cette journée, c'était qu'il aurait maintenant suffi de questionner Mathilde pour savoir. Bon, juste pour savoir. Savoir par exemple si Camille aimait quelqu'un d'autre. Mais mieux valait ne rien savoir du tout et s'en tenir au groom de l'hôtel du Caire où il en était resté la dernière fois. Il était très bien ce groom, brun, longs cils, et juste pour une ou deux nuits parce qu'il avait chassé les cafards de la salle de bains. Et puis Mathilde ne dirait rien de toute façon. Ils n'en parleraient plus. Plus un mot sur cette fille qui les baladait tous les deux d'Égypte à Pantin et puis c'était tout. Si ça se trouvait justement, elle était à Pantin. Elle était vivante, voilà ce qu'avait juste voulu lui dire Mathilde. Elle avait ainsi tenu sa promesse de l'autre nuit au métro Saint-Georges, de lui ôter cette mort-là de la tête.

Peut-être aussi Mathilde, se sentant menacée d'emmerdements policiers, avait-elle ainsi cherché à se rendre intouchable ? À lui faire savoir qu'en emmerdant la mère il attristerait la fille ? Non. Ce n'était pas le genre de Mathilde. Il ne fallait plus en parler et puis c'est tout. Laisser Camille où elle était, poursuivre l'enquête autour de Mme Forestier sans varier d'itinéraire. Voilà ce qu'avait dit cet après-midi le juge d'instruction : « Sans varier d'itinéraire, Adamsberg. » Quel itinéraire ? Un itinéraire suppose un plan, une projection dans l'avenir, et pour cette enquête, Adamsberg en avait encore moins que pour aucune autre. Il attendait l'homme aux cercles. Cet homme n'avait pas l'air d'inquiéter grand monde. Mais pour lui, l'homme aux cercles était une créature qui ricanait dans les nuits et grimaçait dans les jours. Un homme difficile à coincer, dissimulé, putride, duveteux comme les papillons de nuit, dont la pensée lui était exécrable et le faisait frissonner, lui, Adamsberg. Comment Mathilde pouvait-elle le dire « inoffensif », et s'amuser, follement, à le suivre dans ses cercles mortifères ? C'était bien là, quoi qu'il en dise, l'imprévoyance fantasque de Mathilde. Et comment Danglard, le sage et profond Danglard, pouvait-il aussi l'innocenter, le chasser de ses pensées, alors qu'il était cramponné aux siennes comme une araignée malfaisante ? Ou alors c'était lui, Adamsberg, qui se fourvoyait. Mais il n'empêche. Il n'avait jamais pu que suivre le sens du courant où il se trouvait. Et quoi qu'il arrive, il continuait d'aller vers cet homme mortel. Alors il le verrait, il le fallait. Peut-être qu'en le voyant, il changerait d'avis. Peut-être. Il allait l'attendre. Il était sûr que l'homme aux cercles viendrait à lui. Après-demain. Après-demain peut-être, il y aurait un nouveau cercle.

*
* *

Il lui fallut attendre deux jours de plus, à croire que l'homme aux cercles, soucieux d'une règle, s'interrompait au cours du week-end. En tous les cas, ce n'est que dans la nuit de lundi qu'il reprit la craie.

Un agent de ronde découvrit le cercle bleu rue de La Croix-Nivert, à six heures du matin.

Cette fois, Adamsberg accompagna Danglard et Conti.

C'était un baigneur en plastique de la taille du pouce. Cette effigie de bébé perdue au milieu de l'immense cercle produisait un malaise certain. Et voulu, songea Adamsberg. Danglard dut y penser en même temps.

— Ce crétin nous provoque, dit-il. Cercler une figurine humaine, après le meurtre de l'autre jour... Il a dû mettre longtemps avant de tomber sur cette poupée, ou alors c'est qu'il l'a apportée lui-même. Ce qui serait tricher d'ailleurs.

— Ce n'est pas qu'il soit crétin, dit Adamsberg, c'est que son orgueil s'exaspère. Alors il commence à faire la conversation.

— La conversation ?

— À entrer en communication avec nous, si vous préférez. Il a tenu bon pendant cinq jours depuis le meurtre, c'est plus que je ne croyais. Il a changé ses itinéraires et il se rend insaisissable. Mais maintenant, il commence à parler, à dire : « Je sais qu'il y a eu un meurtre, je ne redoute rien et j'en donne la preuve. » Et ainsi de suite. Il n'y a aucune raison qu'il s'arrête de parler maintenant. Il est sur la mauvaise pente. La pente verbeuse. La pente où il a cessé de se suffire à lui-même.

— Il y a quelque chose d'inhabituel dans ce cercle, dit Danglard. Il n'est pas fabriqué comme les précédents. Pourtant, c'est bien la même écriture, il n'y a aucun doute. Mais il a procédé différemment, hein, Conti ?

Conti hocha la tête.

— Avant, continua Danglard, il dessinait le cercle d'un seul tenant, comme en marchant en rond et en traçant en même temps, sans s'arrêter. Cette nuit, il a fait deux demi-cercles qui se rejoignent, comme s'il avait fait un côté d'abord, et puis l'autre ensuite. Il n'aurait tout de même pas perdu la main en cinq jours ?

— C'est vrai, dit Adamsberg en souriant, c'est une négligence de sa part. Vercors-Laury la trouverait très intéressante, et il aurait raison.

Le lendemain matin, Adamsberg appela son bureau dès son lever. L'homme avait été cercler dans le 5ᵉ arrondissement, rue Saint-Jacques, autant dire à deux pas de la rue Pierre-et-Marie-Curie où Madeleine Châtelain avait été égorgée.

Suite de la conversation, pensa Adamsberg. Quelque chose comme : « Rien ne m'empêchera de tracer un cercle près du lieu du meurtre. » Et s'il n'a pas fait son cercle dans la rue Pierre-et-Marie-Curie même, c'est simple affaire de délicatesse, simple marque de bon goût. L'homme est raffiné.

— Qu'est-ce qu'il y a dans le cercle ? demanda Adamsberg au téléphone.

— Un cafouillis de bande magnétique débobinée.

En même temps qu'il écoutait le rapport de Margellon, Adamsberg parcourait son courrier. Il avait sous les yeux une lettre de Christiane, d'une teneur passionnée et d'un contenu séculaire. Te quitte. Égoïste. Plus te revoir. Fierté. Et ainsi de suite tout au long des six pages.

Très bien, on verra tout ça ce soir, se dit-il, convaincu d'être un égoïste, mais averti par l'usage que les gens qui vous quittent vraiment ne prennent jamais la peine de vous en avertir par une lettre de six pages. Ceux-là s'éclipsent sans parler, et c'est comme ça qu'avait fait la petite chérie. Et ceux qui déambulent en laissant dépasser la crosse d'un pistolet hors de leur poche ne se tuent jamais, avait dit plus ou moins dans cet ordre un poète dont il ne savait pas le nom. Donc Christiane allait revenir avec force revendications. Ça faisait des complications à prévoir. Sous sa douche, Adamsberg se résolut à ne pas être trop vil et à y penser ce soir s'il pensait à y penser.

Il donna rendez-vous à Danglard et Conti rue Saint-Jacques. Le cafouillis de bande magnétique s'étalait comme tripes au soleil du matin au milieu du grand cercle, dessiné d'un seul tenant cette fois-ci. Danglard, immense, fatigué, ses cheveux assez blonds rejetés en arrière, le regardait approcher. On ne sait pas pourquoi, était-ce à cause de son air de fatigue, ou de son air de penseur vaincu persévérant à se poser des questions sur les destins, ou de la manière de déplier et replier ce grand corps inassouvi et résigné, mais Danglard l'émouvait ce matin-là. Il avait envie de lui dire à nouveau qu'il l'aimait bien, vraiment. À certains moments, Adamsberg avait d'inusuelles facilités pour formuler des déclarations courtes et sentimentales qui embarrassaient les autres par leur simplicité hors de mise entre adultes. Ce n'était pas rare qu'il dise à quelqu'un qu'il était beau, même si c'était faux, et quelle que soit l'étendue de la période d'indifférence qu'il subissait.

Pour le moment, Danglard, la veste impeccable et l'esprit occupé par quelque secret souci, s'était appuyé sur une voiture. Du bout des doigts, il faisait crisser des pièces de monnaie au fond de sa poche. Soucis d'argent, pensa Adamsberg. Danglard lui avait avoué quatre enfants, mais Adamsberg savait déjà par des propos de bureau qu'il en avait cinq et qu'ils vivaient tous dans trois pièces, comptant sur le seul salaire de ce père illimité. Mais personne ne s'apitoyait sur Danglard et Adamsberg pas plus que les autres. C'était impensable de s'apitoyer sur un type comme ça. Parce que son intelligence manifeste générait autour de lui une zone protégée d'un rayon de deux mètres où l'on se mettait à parler en faisant attention dès qu'on y pénétrait, Danglard faisait plutôt l'objet d'une surveillance circonspecte que de quelconques gestes secourables. Adamsberg se demanda si « l'ami philosophe » auquel Mathilde se référait sans cesse pour se décrire générait une zone semblable, et de quelle amplitude. L'ami philosophe avait l'air d'en savoir un bout sur Mathilde. Il avait peut-être assisté à la soirée donnée au *Dodin Bouffant*. Obtenir son nom, son adresse, aller le voir, l'interroger, un petit méandre de policier à exécuter dans l'ombre. Pas le genre de choses qui tentait Adamsberg en général, mais dont il avait envie pour cette fois de se charger lui-même.

— Il y a un témoin, dit Danglard. Il était déjà au commissariat quand j'en suis parti. Il m'attend pour sa déposition complète.

— Qu'est-ce qu'il a vu ?

— Il a vu, vers minuit moins dix, un petit homme maigre qui l'a dépassé en courant. C'est en écoutant la radio ce matin qu'il a fait le rapprochement. Il m'a décrit un mec âgé, chétif, rapide et déplumé, portant une sacoche sous le bras.

— Et puis c'est tout ?

— Et qui a laissé dans son sillage, lui semble-t-il, une très légère odeur de vinaigre.

— De vinaigre ? Pas de pomme pourrie ?

— Non. De vinaigre.

Danglard avait retrouvé une meilleure humeur.

— Mille témoins, mille nez, ajouta-t-il en souriant et en lançant ses grands bras. Et mille nez, mille diagnostics. Et mille diagnostics, mille souvenirs d'enfance. Pour l'un, pomme pourrie, pour l'autre, vinaigre, et demain pour d'autres, noix de muscade, cirage, fraises cuites, talc, poussière de rideaux, infusion pour la gorge, cornichons… L'homme aux cercles doit puer une odeur d'enfance.

— Ou une odeur de placard, dit Adamsberg.

— Pourquoi de placard ?

— Je ne sais pas. Les odeurs d'enfance, c'est dans les placards, non ? C'est immuable, ça, les placards. Et toutes les odeurs s'y mélangent, ça fait un tout, c'est universel.

— On s'égare, dit Danglard.

— Pas tant que ça.

Danglard comprit qu'Adamsberg recommençait à flotter, à décrocher, à il ne savait quoi au juste, en tous les cas à relâcher les structures déjà vagues de sa logique, et il suggéra donc de rentrer.

— Je ne vous accompagne pas, Danglard. Enregistrez la déposition du témoin au vinaigre sans moi, j'ai envie d'entendre parler « l'ami philosophe » de Mathilde Forestier.

— Je croyais que le cas de Mme Forestier ne vous intéressait pas.

— Il m'intéresse, Danglard. Je suis d'accord avec vous : elle est en travers du chemin. Mais elle ne me préoccupe pas gravement.

De toute manière, Danglard pensait que si peu de faits préoccupaient gravement le commissaire qu'il ne s'attarda pas à piocher cette différence. Si. L'histoire du gros crétin de chien baveux et toute la suite à donner avait dû et devait continuer à le préoccuper gravement. Et d'autres choses de cet ordre encore, qu'il apprendrait peut-être un jour. C'est vrai, ça l'énervait. Et plus il connaissait Adamsberg, plus il lui devenait indiscernable, aussi imprévisible qu'une noctuelle, dont le vol lourd, fou, et efficace, fatigue celui qui voudrait l'attraper. Mais il aurait aimé prendre cela à Adamsberg, cette imprécision, cette approximation, et ces échappées où son regard semblait tour à tour agoniser ou brûler, donnant envie de s'écarter de lui ou de s'en rapprocher. Il pensait qu'avec le regard d'Adamsberg, il pourrait voir les choses osciller et perdre leurs contours raisonnables comme font les arbres l'été dans les vibrations de chaleur. Qu'alors le monde lui serait moins implacable, qu'il cesserait de vouloir le comprendre jusqu'à ses plus lointaines limites, et jusqu'aux points qu'on ne pouvait même pas voir dans le ciel. Qu'il serait moins fatigué. Mais seul le vin blanc lui donnait cette distanciation brève et, il le savait, factice.

*
* *

Comme Adamsberg l'espérait, Mathilde n'était pas chez elle. Il trouva la vieille Clémence penchée sur une table couverte de diapositives. Sur une chaise à côté d'elle, la presse était pliée aux pages des petites annonces.

Clémence était trop bavarde pour avoir le temps d'être intimidée. Elle s'habillait en superposant des blouses de nylon comme des peaux d'oignon. Sur sa tête, le béret noir, à sa bouche, une cigarette de troupe. Elle parlait en desserrant à peine les lèvres, ce qui fait qu'on voyait peu cette fameuse denture qui faisait la joie des comparaisons zoologistes de Mathilde. Ni timide ni vulnérable, ni autoritaire ni sympathique, Clémence était un personnage si dérangeant qu'on ne pouvait s'empêcher de vouloir l'écouter un peu pour savoir, au-delà de toutes les banalités qu'elle entassait comme barricades, ce qui pouvait bien conduire son énergie.

— Les annonces étaient bien ce matin? demanda Adamsberg.

Clémence eut un mouvement dubitatif.

— On peut toujours espérer quelque chose de : *Homme tranquille dans maisonnette à la retraite cherche compagne moins de 55 ans aimant collections de gravures du XVIIIe siècle*, mais je me fous des gravures, ou de : *Retraité du commerce voudrait partager avec femme encore jolie passions pour la nature et curiosités pour les animaux et plus si affinités*, mais je me fous de la nature. De toute façon, on ne peut pas s'y retrouver. Ils écrivent tous la même chose et jamais la vérité : *Homme vieux pas conservé avec ventre ne s'intéressant qu'à lui-même cherche femme jeune pour coucher avec*. C'est malheureux que les gens n'écrivent jamais la réalité, on perd un temps incroyable. Hier, j'en ai fait trois, et j'ai ramassé la lie des ratés de la vie. Mais ce qui fait tout échouer, c'est qu'au physique, je ne leur conviens pas. Alors là, c'est l'impasse. Comment faire ? je vous le demande.

— Vous me le demandez ? Et pourquoi voulez-vous vous marier à tout prix ?

— Ça, c'est la question que je ne me pose pas. On pourrait dire, cette pauvre vieille Clémence, elle n'a pas supporté que son fiancé disparaisse en laissant un petit mot. Mais non. Jésus, je m'en suis sacrément foutue sur le moment, j'avais vingt ans, et je m'en fous toujours. J'aime pas trop les hommes, faut vous dire. Non, ça doit être pour avoir un truc à faire dans la vie. Et je n'ai pas d'autre idée. Et j'ai l'impression que presque toutes les bonnes femmes sont comme ça. En gros, j'aime pas trop les bonnes femmes non plus. Elles pensent comme moi qu'en se mariant, le tour est joué, elles vont faire un truc avec leur vie. Et je vais à la messe aussi, figurez-vous. Si je ne m'astreignais pas à tout ça, qu'est-ce que je deviendrais ? Je volerais, je pillerais, je cracherais. Et Mathilde dit que je suis gentille. Vaut mieux rester gentille, ça vous fait moins d'ennuis, pas vrai ?

— Et Mathilde ?

— Sans elle, je serais toujours en train d'attendre le Messie à Censier-Daubenton. On est bien avec elle. Je ferais beaucoup de choses pour convenir à Mathilde.

Adamsberg n'essayait pas de se repérer dans ces intonations contradictoires. Mathilde avait dit que Clémence pouvait dire bleu pendant une heure et rouge pendant l'heure suivante, et réinventer toute sa vie à sa guise et selon l'interlocuteur. Il aurait fallu quelqu'un qui ait le cran d'écouter Clémence pendant des mois pour pouvoir y voir un peu clair. Un sacré cran. Un psychiatre, d'autres auraient dit. Mais même, ça serait trop tard. Tout semblait trop tard pour Clémence, c'était évident, mais Adamsberg n'arrivait pas à en ressentir une peine quelconque. Clémence était peut-être gentille, peut-être, mais si peu attendrissante qu'il se demandait où Mathilde trouvait l'envie de la loger à l'Épinoche et de la faire travailler pour elle. Si quelqu'un était bon, au sens basique du terme, c'était bien Mathilde. Souveraine et mordante, mais fastueuse, mais mangée par la générosité. Ça se faisait violemment chez Mathilde, tendrement chez Camille. Danglard avait l'air de penser autrement à propos de Mathilde.

— Est-ce que Mathilde a des enfants ?

— Une fille, monsieur. Une beauté. Vous voulez voir une photo d'elle ?

Tout d'un coup, Clémence devenait mondaine et respectueuse. Il était peut-être temps de prendre ce qu'il était venu chercher avant qu'elle change d'allure.

— Surtout pas de photo, dit Adamsberg. Et son ami philosophe, vous le connaissez ?

— Vous posez des tas de questions, monsieur. Ça ne fera pas de mal à Mathilde, au moins ?

— Pas le moins du monde, au contraire, si ça reste entre nous.

C'était le genre de sournoiserie policière qu'Adamsberg n'aimait pas trop, mais comment faire pour contourner ces sortes de phrases ? Alors, il les récitait par cœur comme des tables de multiplication, pour faire vite.

— Je l'ai vu deux fois déjà, dit Clémence avec un peu de fierté, en tirant sur sa cigarette. C'est lui qui a écrit ça…

Elle cracha quelques brins de tabac, chercha dans la bibliothèque et tendit un gros volume à Adamsberg : *Les Zones subjectives de la conscience*, par Réal Louvenel. Réal, un prénom du Canada. Adamsberg laissa un moment monter dans sa mémoire les bribes de souvenirs que lui évoquait ce nom. Aucun ne lui parvenait distinctement.

— Il a commencé médecin, précisa Clémence entre ses dents. Il paraît que c'est un cerveau, autant vous le dire. Je ne sais pas si vous feriez le poids. Ce n'est pas pour vous vexer, mais faut s'accrocher pour le comprendre. Mathilde, elle a l'air de suivre. Avec ça, je sais qu'il vit seul avec douze labradors. Ça doit puer chez lui. Jésus.

Clémence avait cessé le genre respectueux. Ça n'avait pas duré. Maintenant, elle faisait à nouveau l'idiote de régiment. Et brusquement, elle dit :

— Et vous, c'est intéressant l'homme aux cercles ? Vous faites des trucs avec votre vie ? Ou bien vous la bouchez, comme tous les autres ?

Cette vieille allait finir par le mettre mal, ce qui n'était pas fréquent. Non que ses questions l'embarrassent. Au fond, c'étaient des questions banales. Mais ces vêtements, mais ces lèvres qui ne s'ouvraient pas, mais ces mains gantées pour ne pas salir les diapositives, mais ces péroraisons successives, il n'y trouvait aucun plaisir. Que la bonté de Mathilde se débrouille pour sortir Clémence de ses ornières. Lui n'avait pas envie d'y être mêlé davantage. Il avait son renseignement, ça suffisait comme ça. Il s'en alla à reculons en murmurant quelques gentillesses pour ne pas faire de peine.

En prenant son temps, Adamsberg chercha l'adresse et le numéro de téléphone de Réal Louvenel. La voix criarde d'un homme surexcité lui répondit qu'il acceptait de le voir cet après-midi.

Chez Réal Louvenel, c'est vrai que ça puait le chien. Il s'agitait dans tous les sens, si incapable de tenir assis sur une chaise qu'Adamsberg se demanda comment il pouvait faire pour écrire. Il apprit plus tard qu'il dictait ses livres. Pendant qu'il répondait aux questions d'Adamsberg avec de la bonne volonté, Louvenel faisait dix autres choses en même temps, vidait un cendrier, tassait les papiers dans la corbeille, se mouchait, sifflait un chien, tapotait le piano, resserrait sa ceinture d'un cran, s'asseyait, se relevait, fermait la fenêtre, caressait le fauteuil. Une mouche n'aurait pas pu le suivre. Encore moins Adamsberg. S'adaptant comme il le pouvait à cette épuisante trépidation, Adamsberg tâchait d'enregistrer les informations qui jaillissaient hors des phrases extrêmement compliquées de Louvenel, en faisant un grand effort pour ne pas se laisser distraire par le spectacle de l'homme rebondissant sur tous les murs de la pièce, et celui des centaines de photos épinglées aux murs, qui représentaient des portées de labradors ou des jeunes garçons dénudés. Il entendait Louvenel dire que Mathilde aurait été plus grande et plus profonde si son impulsion ne l'écartait pas toujours de ses projets primitifs, qu'ils s'étaient connus sur les bancs de l'Université. Puis il dit qu'au *Dodin Bouffant* elle avait été parfaitement saoule, qu'elle avait ameuté tous les clients pour raconter que l'homme aux cercles et elle, ça faisait une sacrée paire d'amis comme cul et chemise, que personne sauf elle et lui ne comprenait rien à cette «renaissance métaphorique des trottoirs comme nouveau champ de science». Elle avait dit aussi que le vin était bon et qu'elle en voulait encore, qu'elle avait dédicacé à l'homme aux cercles son dernier livre, que son identité n'était pas un mystère pour elle, mais que la douloureuse existence de cet homme resterait son secret, son «mathildéisme». Comme on dit «ésotérisme». Un «mathildéisme», c'est quelque chose qu'elle ne confie à personne, et qui n'a d'ailleurs aucun intérêt objectif.

— Comme je n'ai pas réussi à interrompre ce déversement, j'ai quitté l'endroit sans en savoir plus, conclut Louvenel. Mathilde me gêne quand elle a bu. Elle se dissout, elle devient ordinaire, bruyante, ne cherchant plus qu'à être aimée à n'importe quel prix. Il ne faut jamais faire boire Mathilde, jamais. Vous m'entendez?

— Est-ce que tous ces discours ont eu l'air d'intéresser quelqu'un dans la salle?

— Je me souviens que des gens riaient.

— Pourquoi croyez-vous que Mathilde file les gens dans la rue?

— On pourrait dire pour faire vite qu'elle se fait son cabinet de curiosités, dit Louvenel en tirant sur les plis de son pantalon, puis sur ses chaussettes. On pourrait dire qu'elle fait avec ses proies, prélevées au hasard dans les rues, comme avec les poissons, qu'elle les traque, qu'elle les met en fiches. Mais non, c'est tout l'inverse. Le drame de Mathilde, c'est qu'elle serait capable d'aller vivre seule au fond de la mer. D'accord, elle en a fait son métier, c'est une chercheuse infatigable, une scientifique de haut rang; mais tout ça n'a guère de sens pour elle. Sa tentation, c'est cet énorme territoire qu'elle s'est fait sous l'eau. Mathilde est la seule plongeuse que je connaisse qui refuse de se faire accompagner, ce qui est fort dangereux. « Je veux pouvoir tout redouter et tout comprendre seule, et couler quand je le veux, Réal, dit-elle, au fond d'une fosse abyssale, aux racines du monde. » C'est comme ça. Mathilde est une parcelle de l'univers. Ne pouvant se dilater pour s'y fondre, elle se résout à l'étudier pour le percevoir, dans ses plus grandes dimensions physiques. Mais tout cela l'éloigne trop des hommes, elle le sait. Car il y a chez Mathilde un bon morceau de bonté, ou de don, comme vous voudrez, qui ne peut être alors satisfait. Ce qui fait qu'à intervalles réguliers, Mathilde refait surface et s'occupe de cette autre tentation, celle qui va vers les gens, je dis bien les gens, et pas l'humanité. Elle fait alors sa réconciliation avec les millions de petits pas perdus que font ces gens en marchant sur l'écorce. Elle va jusqu'au bout, et chaque bribe de comportement qu'elle peut attraper ici ou là lui semble une merveille. Elle les mémorise, elle les note, elle mathildise. Elle s'attrape au passage des amants, car Mathilde est aussi une amoureuse. Et puis, quand elle est bien rassasiée de tout ça, quand elle estime avoir assez aimé ses frères, elle plonge à nouveau. Voilà pourquoi elle suit les autres dans la rue. Pour faire le plein de battements et de torsions, battements de cils, torsions de coudes, avant d'aller lancer sa solitude en défi à l'immensité.

— Et à vous, est-ce que l'homme aux cercles vous suggère quelque chose ?

— Ne me jugez pas méprisant, mais je n'ai pas d'intérêt pour ces infantilismes. Même le meurtre, je trouve que c'est de l'infantilisme. Les adultes-enfants m'ennuient, ce sont des cannibales. Ils ne sont propres qu'à se nourrir de la vitalité des autres. Ils ne se perçoivent pas. Et parce qu'ils ne se perçoivent pas, ils ne peuvent pas vivre, et ne sont rien d'autre qu'avides, du regard ou du sang de quelques autres. Ne se percevant pas, ils m'ennuient. Vous savez peut-être que la perception qu'a l'homme de lui-même m'intéresse plus – je dis bien la perception, la sensation, non pas la compréhension ou l'analyse – que toutes les autres solutions des hommes, et cela même si je vis d'expédients comme les autres. Voilà tout ce que m'inspire l'homme aux cercles et son meurtre, dont je ne sais à peu près rien d'ailleurs, sauf par Mathilde qui en parle beaucoup trop.

Réal refaisait les nœuds de ses lacets de chaussures.

Adamsberg sentait bien que Réal Louvenel avait fait un effort pour adapter son langage à son interlocuteur. Il ne lui en voulait pas. Même comme cela, il n'était pas sûr d'avoir exactement compris ce qu'entendait cet homme fébrile par « perception de soi », de toute évidence son maître mot. Mais il avait pensé à lui-même en l'écoutant, c'était inévitable, ça devait faire ça à tout le monde. Et il avait ressenti qu'à défaut de s'observer, il « se percevait », peut-être bien au sens où Louvenel l'entendait, à seule preuve qu'il en avait parfois « mal d'avoir conscience ». Il savait que cette perception d'existence prenait parfois des chemins spéléologiques, où les bottes collaient dans la boue, où l'on ne trouvait aucune réponse, et qu'il fallait du courage physique pour ne pas chasser tout cela au plus loin. Mais il ne le chassait pas quand ça venait, car il avait alors la certitude qu'un tel geste l'aurait condamné à n'être plus rien.

En tous les cas, il n'inquiétait donc personne, ce type à la craie bleue. Mais Adamsberg ne se souciait pas d'être épaulé ou non dans ses appréhensions. Ça le regardait. Il laissa Louvenel à ses frétillements, qui s'étaient beaucoup calmés après la prise d'un petit médicament ovale et jaune. Adamsberg avait une défiance violente à l'égard des médicaments et il préférait traîner une fièvre toute une journée que d'en avaler une seule miette. Sa petite sœur lui avait dit que c'était très présomptueux d'espérer toujours s'en sortir tout seul, et qu'on ne perdait pas fatalement son identité au fond d'un tube d'aspirine. Ce que sa petite sœur pouvait l'emmerder, c'était à peine concevable.

*
* *

Au commissariat, Adamsberg trouva Danglard assez démoli. Il avait rencontré de la compagnie pour entamer le vin blanc de l'après-midi, et ça l'avait bien avancé dans son rituel quotidien. Accoudés à son bureau comme à une table de bistrot, Mathilde Forestier et l'aveugle beau en descendaient un bon coup dans des verres en plastique. Ça faisait du bruit.

La belle voix de Mathilde résonnait au-dessus de tout ça, et Reyer ne détournait pas son visage de la Reine et en avait l'air content. Adamsberg salua encore en pensée la beauté du prodigieux profil de l'aveugle, mais il s'agaça de le voir couver du regard, si l'on peut dire, Mathilde. Qu'est-ce qui l'agaçait, au juste ? L'impression que l'aveugle allait se faire avoir par Mathilde ? Non. Mathilde n'était pas si banale, et il n'y aurait pas ces pièges lamentables de la prise de pouvoir et de la dévoration du plus faible. Mais aussi, quand une main se posait sur Mathilde, c'était difficile à présent de ne pas voir une main se poser en même temps sur Camille. Mais non. Il ne faisait pas l'amalgame. Et tout le monde avait le droit de toucher Camille, il s'en était fait depuis longtemps un principe salutaire. Ou alors c'était que Danglard avait l'air de s'y mettre aussi, lui qui avait été si catégorique à l'égard de Mathilde. Il y avait autour de cette table comme une course de vitesse entre les deux hommes, ça puait un peu les jeux de la séduction mille fois répétés, et il fallait bien constater que Mathilde, avec ce qu'elle avait déjà dû boire de vin blanc, n'était pas insensible à l'ambiance. Après tout, elle en avait le droit. Et Danglard et Reyer avaient bien le droit aussi de faire les adolescents si ça leur chantait. Qu'est-ce qui lui prenait de faire le censeur tout d'un coup et d'édicter des règles de l'art ? Est-ce qu'il avait été artistique, lui, avec la voisine d'en dessous chez qui il avait été coucher ? Non, pas du tout artistique. Bien qu'un peu ému par l'opportunité, il avait calculé ses mots selon des règles qu'il savait sûres, et il s'était rendu compte de ses méthodes d'un bout à l'autre. Et est-ce qu'il avait été artistique avec Christiane ? Pire. Cela lui fit penser qu'il n'avait pas pensé à y penser. Autant boire un coup avec les autres. Et se demander ce qu'ils foutaient là, d'ailleurs. À y bien regarder, Danglard n'était pas aussi égaré que ça par la séduction de ses deux suspects attablés avec lui. À y mieux regarder encore, le penseur Danglard veillait, surveillait, écoutait, aiguillait, aussi saoul pût-il être. Même dans l'ivresse, Mathilde et Reyer restaient pour l'incisif cerveau de Danglard des personnages emmêlés de trop près dans une affaire de meurtre. Adamsberg sourit et s'approcha de la table.

— Je sais, dit Danglard en montrant les verres, c'est contraire aux règles. Mais ces gens ne sont pas mes clients. Ils sont tout juste ici en transit. C'est vous qu'ils venaient voir.

— Et comment, dit Mathilde.

Au regard de Mathilde, Adamsberg comprit qu'elle lui en voulait salement. Autant éviter l'éclat devant tout le monde. Il renonça à son verre et les emmena dans son bureau en faisant un signe à Danglard. Au cas où. Pour ne pas le blesser. Mais Danglard s'en foutait, il s'était déjà replongé dans des papiers.

— Alors ? Clémence n'a pas tenu sa langue ? demanda-t-il doucement à Mathilde, en s'asseyant de travers.

Adamsberg souriait, la tête penchée sur le côté.

— Elle n'avait pas à le faire, dit Mathilde. Il paraît que vous l'avez harcelée de questions sur sa vie, puis sur Réal. Alors, Adamsberg, c'est quoi ces façons de faire ?

— Mes façons de flic, je suppose, dit Adamsberg. Je ne l'ai pas harcelée. Clémence parle toute seule en sifflant entre ses dents. Et j'avais envie de connaître Réal Louvenel. Je reviens de chez lui.

— Je sais, dit Mathilde, et ça me met hors de moi.

— C'est normal, dit Adamsberg.

— Qu'est-ce que vous lui vouliez ?

— Savoir ce que vous aviez pu dire au *Dodin Bouffant*.

— Mais quelle importance, bon Dieu ?

— Parfois, mais parfois seulement, je suis tenté de connaître ce que me cachent les autres. Et puis, depuis l'article de la gazette du 5e, vous faites office de piège à mouches pour tous ceux qui auraient souhaité approcher l'homme aux cercles. Alors il faut bien que je m'en occupe. Je crois que vous n'êtes pas loin de savoir qui il est. J'espérais que vous en auriez dit plus ce soir-là et que Louvenel m'aurait mis au courant.

— Je n'imaginais pas que vous auriez des procédés aussi détournés.

Adamsberg haussa les épaules.

— Et vous, madame Forestier ? Votre entrée au commissariat la première fois ? C'était droit, ça, comme procédé ?

— Pas le choix, dit Mathilde. Mais vous, on vous croit pur. Et soudain, vous êtes tortueux.

— Pas le choix non plus. Et puis c'est comme ça, je suis fluctuant. Toujours fluctuant.

Adamsberg tenait sa tête sur sa main, toujours penchée sur le côté. Mathilde le regardait.

— C'est bien ce que j'ai dit, reprit Mathilde. Vous êtes amoral, vous auriez dû faire pute.

— C'est exactement ce que je suis en train de faire, pour obtenir des renseignements.

— Sur quoi?

— Sur lui. Sur l'homme aux cercles.

— Vous allez être déçu. J'ai inventé l'identité de l'homme aux cercles à partir de quelques souvenirs. Je n'ai aucune preuve. Imagination pure.

— Petit à petit, murmura Adamsberg, j'arrive à vous arracher des fragments de vérité. Mais c'est si long. Pourriez-vous me dire qui il est? Même si vous l'inventez, cela m'intéresse.

— Ça ne repose sur rien. L'homme aux cercles me rappelle un homme que j'avais pisté il y a longtemps, huit ans au moins, dans le quartier de Pigalle justement. Je le suivais dans un petit restaurant sombre où il déjeunait seul. Il travaillait en mangeant, sans jamais ôter son imperméable, et il couvrait la table de piles de bouquins et de papiers. Et quand il en faisait tomber, ce qui arrivait tout le temps, il se baissait pour les ramasser en tenant les pans de son imperméable, comme si c'était une robe de mariée. Quelquefois, sa femme venait avec son amant prendre le café avec lui. Il faisait alors l'effet d'un malheureux, déterminé à encaisser toutes les humiliations pour préserver quelque chose. Mais quand la femme et l'amant sortaient, il était pris de hargne, il tailladait avec soin la nappe en papier avec son couteau à viande, et de toute évidence, ça n'allait pas. Moi je lui aurais conseillé un coup à boire, mais il était sobre. J'avais noté sur mon carnet à l'époque: «Petit homme désirant le pouvoir et ne l'ayant pas. Comment va-t-il se débrouiller?» Vous voyez, mes considérations sont toujours très sommaires. C'est Réal qui dit ça : « Mathilde, tu es sommaire. » Et puis j'ai laissé tomber ce type. Il me rendait nerveuse et triste. Je file les gens pour me faire du bien, pas pour aller fouiner dans leurs douleurs. Mais quand j'ai vu l'homme aux cercles, et sa manière de s'accroupir en retenant son manteau, cela m'a évoqué une figure connue. J'ai feuilleté mes carnets un soir, j'en ai exhumé le souvenir du petit bonhomme avide mais sans pouvoir, et je me suis dit : « Pourquoi pas ? Est-ce la solution qu'il s'est trouvée pour prendre le pouvoir ? » Toujours sommaire, je m'en suis tenue là. Vous voyez, Adamsberg, vous êtes déçu. Ce n'était pas la peine d'aller faire toutes ces dissimulations chez moi et chez Réal pour ce genre de renseignements minables.

Mais Mathilde ne se sentait plus fâchée.

— Pourquoi ne me l'avez-vous pas dit tout de suite ?

— Pas assez sûre de mon fait, pas la conviction. Et puis vous savez bien que je protège un peu l'homme aux cercles. On dirait qu'il n'a que moi dans la vie. C'est de ces devoirs auxquels on ne se dérobe pas. Et puis merde, j'ai toujours répugné à ce que mes notes personnelles puissent servir de fichiers de délation.

— Compréhensible, dit Adamsberg. Pourquoi dites-vous « avide » pour parler de lui ? C'est drôle, Louvenel a employé le même mot. En tous les cas, vous vous êtes fait, avec toutes ces déclarations au *Dodin Bouffant*, une sacrée publicité. Il n'y avait qu'à s'adresser à vous pour en savoir plus.

— Pour quoi faire ?

— Je vous l'ai déjà dit. Les manies de l'homme aux cercles sont un encouragement au meurtre.

En même temps qu'il disait « manie » pour faire vite, il avait en mémoire ce qu'avait expliqué Vercors-Laury, que l'homme, en somme, ne présentait pas les caractéristiques du maniaque. Et ça le satisfaisait.

— N'avez-vous reçu aucune visite particulière après la nuit du *Dodin Bouffant* et l'article de la gazette ? reprit Adamsberg.

— Non, dit Mathilde. Ou bien c'est que toutes les visites que je reçois sont particulières.

— Après cette soirée, avez-vous encore filé l'homme aux cercles ?

— Bien sûr, pas mal de fois.

— Il n'y avait personne dans vos parages ?

— Je n'ai rien remarqué. En réalité, je ne m'en suis pas souciée.

— Et vous ? demanda-t-il en se tournant vers Charles Reyer, que faites-vous ici ?

— J'accompagne madame, monsieur le commissaire.

— Pourquoi ?

— Pour la distraction.

— Ou pour en savoir plus. On m'a dit pourtant que lorsque Mathilde Forestier plongeait, elle plongeait seule, contrairement aux lois de la profession. Ce n'est pas son genre d'avoir le souci de se faire accompagner et protéger.

L'aveugle sourit.

— Mme Forestier était en colère. Elle m'a demandé si je voulais venir voir ça. J'ai accepté. Ça occupe les fins de journée. Mais moi aussi je suis déçu. Vous avez démonté Mathilde un peu trop vite.

— Ne vous y fiez pas, sourit Adamsberg, elle a encore beaucoup de mensonges en réserve. Mais vous, par exemple, étiez-vous au courant de l'article de la gazette du 5ᵉ ?

— Ce n'est pas publié en braille, maugréa Charles. Mais pourtant, j'étais au courant. Ça vous comble ? Et vous, Mathilde, ça vous étonne ? Ça vous fait peur ?

— Je m'en fous, dit Mathilde.

Charles haussa les épaules et passa ses doigts sous ses lunettes noires.

— Quelqu'un en avait parlé à l'hôtel, continua-t-il. Un client dans le hall.

— Vous voyez, dit Adamsberg en se tournant vers Mathilde, les informations se propagent vite, jusqu'à ceux qui ne peuvent pas les lire. Qu'est-ce qu'il a dit, ce client dans le hall?

— Quelque chose comme: «La grande dame de la mer fait encore des siennes! Elle s'acoquine avec le fou des cercles bleus!» C'est tout ce que j'en ai su. Pas très précis.

— Pourquoi m'avouer si volontiers que vous étiez au courant? Ça vous met dans l'embarras. Vous savez que votre situation n'est déjà pas claire. Vous avez débarqué chez Mathilde par miracle et vous n'avez pas d'alibi pour la nuit du meurtre.

— Vous savez ça aussi?

— Bien sûr. Danglard travaille.

— Si je ne vous l'avais pas avoué moi-même, vous auriez cherché à savoir et vous auriez su. Autant s'éviter le mauvais effet d'un mensonge, n'est-ce pas?

Reyer souriait de ce méchant sourire avec lequel il voulait hacher tout le cosmos.

— Mais je ne savais pas, ajouta-t-il, que c'était à Mme Forestier que je parlais au café de la rue Saint-Jacques. J'ai fait la jonction plus tard.

— Oui, dit Adamsberg, vous avez déjà dit ça.

— Vous aussi vous vous répétez.

— C'est toujours comme ça à certains moments des enquêtes: on se répète. Les journalistes appellent ça «piétiner».

— Phase 2 et 3, soupira Mathilde.

— Et puis, brusquement, poursuivit Adamsberg, ça se précipite, on n'a même plus le temps de parler.

— Phase 1, ajouta Mathilde.

— Vous avez raison, Mathilde, dit Adamsberg en la regardant, c'est pareil dans la vie. Ça procède par langueurs et par sursauts.

— C'est banal comme idée, grommela Charles.

— Je dis souvent des choses banales, dit Adamsberg. Je me répète, j'énonce des évidences premières, en bref, je déçois. Ça ne vous arrive jamais, monsieur Reyer?

— J'essaie d'éviter, dit l'aveugle. Je déteste les conversations ordinaires.

— Pas moi, dit Adamsberg. Ça m'indiffère.

— Ça va, dit Mathilde. Je n'aime pas quand le commissaire prend cette tournure. On va s'enliser. Je préfère vous attendre à votre « sursaut », commissaire, quand la lumière sera revenue dans vos yeux.

— C'est banal comme idée, dit Adamsberg en souriant.

— Il est exact que dans ses métaphores poético-sentimentales, Mathilde ne recule devant aucune énormité, dit Reyer. D'un genre différent des vôtres.

— Est-ce que c'est fini? Est-ce qu'on peut s'en aller? demanda Mathilde. Vous m'énervez l'un comme l'autre. Dans un genre également différent.

Adamsberg fit un signe de la main et un sourire, et il se retrouva seul.

Pourquoi Charles Reyer avait-il jugé nécessaire de préciser : « C'est tout ce que j'ai su » ?

Parce qu'il en avait su plus que ça. Pourquoi avait-il avoué ce fragment de vérité? Pour couper court à toute enquête supplémentaire.

Adamsberg appela donc l'*Hôtel des Grands Hommes*. Le réceptionniste du hall se souvenait de la gazette du 5e et de ce qu'en avait dit le client. De l'aveugle aussi bien sûr. Comment aurait-il oublié un tel aveugle?

— Reyer a-t-il voulu des précisions sur l'article? demanda Adamsberg.

— Effectivement, monsieur le commissaire. Il m'a demandé de lui lire tout l'article de la gazette. Sinon je ne m'en serais pas souvenu.

— Et comment a-t-il réagi ?

— C'est difficile à dire, monsieur le commissaire. Il avait des sourires à glacer le dos qui vous faisaient vous sentir comme un imbécile. Ce jour-là, il a eu un sourire comme ça, mais je n'ai jamais compris ce que cela voulait dire.

Adamsberg le remercia et raccrocha. Charles Reyer avait voulu en savoir plus. Et il avait accompagné Mathilde au commissariat. Quant à Mathilde, elle en connaissait plus long qu'elle n'avait dit sur le compte de l'homme aux cercles. Tout cela pouvait bien sûr n'avoir aucune espèce d'importance. Ça l'ennuyait de réfléchir à ce genre de renseignements. Il s'en débarrassa en les transmettant à Danglard. Si nécessaire, Danglard ferait ce qu'il fallait bien mieux que lui. Ainsi, il pourrait continuer à penser à l'homme aux cercles et à lui seul. Mathilde avait raison, il attendait le sursaut. Il savait aussi ce qu'elle avait voulu dire avec son image éculée de « lumière dans les yeux ». Ça a beau être éculé, ça n'en existe pas moins, la lumière dans les yeux. On en a ou on n'en a pas. Lui, ça dépendait des moments. Et pour l'instant, il savait très bien que son regard s'était perdu en mer on ne sait trop où.

*
* *

Dans la nuit, il eut un sale rêve, fait de plaisir en même temps que de scènes grotesques. Il vit Camille entrer dans sa chambre, habillée en groom. L'air grave, elle avait retiré ses habits et s'était allongée contre lui. Bien que pressentant même en rêve qu'il était sur une foutue pente, il n'avait pas résisté. Et le groom du Caire avait ri en lui montrant ses dix doigts, ce qui voulait dire : « Je me suis marié dix fois avec elle. » Puis Mathilde était arrivée en disant : « Il veut t'écrouer », et elle avait tiré sa fille hors de ses bras. Et lui avait serré. Plutôt crever que de la lâcher à Mathilde. Et il s'était rendu compte que ce rêve dégénérait, que de toute façon le plaisir initial s'était enfui et qu'il valait mieux y mettre un terme en se réveillant. Il était quatre heures du matin.

Adamsberg se leva en disant merde.

Il marcha dans l'appartement. Oui, il était sur une foutue pente. Si au moins Mathilde n'avait rien dit de sa fille, Camille n'aurait pas retrouvé cette réalité tenue sans effort à distance pendant des années.

Non. Ça avait commencé avant, quand il l'avait crue morte. C'est à ce moment que Camille avait émergé des horizons lointains où il la regardait évoluer avec tendresse et distance. Mais il avait alors déjà fait la connaissance de Mathilde, et son visage égyptien avait dû ressusciter Camille avec plus de violence qu'auparavant, voilà comment tout avait commencé. Oui, voilà comment elle avait commencé, cette dangereuse série de sensations qui étaient venues claquer dans sa tête, souvenirs se soulevant comme des ardoises au vent pendant une tempête, libérant çà et là des ouvertures dans un toit jusqu'ici entretenu avec soin. Merde. Une foutue pente. Adamsberg avait toujours placé peu d'espérances et peu d'attentes dans l'amour, non qu'il fût opposé à l'existence des sentiments, ce qui n'aurait rien voulu dire, mais cela ne motivait pas l'essentiel de sa vie. C'était comme ça, une déficience, pensait-il parfois, une chance, pensait-il d'autres fois. Et ce défaut de croyance, il ne le remettait pas en question. Cette nuit pas plus qu'une autre nuit. Mais en marchant à longs pas dans l'appartement, il constatait qu'il aurait voulu tenir une heure Camille contre lui. De ne pouvoir le faire le frustrait, il fermait les yeux pour imaginer, et cela ne lui faisait aucun bien. Où était Camille ? Pourquoi n'était-elle pas ici pour se mettre contre lui jusqu'à demain ? Et comprendre qu'il était pris dans ce désir, irréalisable, ni maintenant ni jamais, l'exaspérait. Ce n'était pas ce désir qui l'embarrassait. Adamsberg ne s'empêtrait jamais dans des débats d'orgueil. C'était l'impression de perdre son temps et ses rêves dans un inutile et récurrent fantasme, en sachant que la vie lui eût été depuis longtemps plus légère s'il avait su s'en débarrasser. Et débarrassé, il ne l'était pas. Ça avait été une belle connerie que de rencontrer Mathilde.

Adamsberg ne se rendormit pas et ouvrit la porte de son bureau à six heures cinq du matin. Ce fut lui qui prit l'appel, dix minutes plus tard, du commissariat du 6e arrondissement. Un cercle avait été repéré au coin du boulevard Saint-Michel et de la rue longue et déserte du Val-de-Grâce. Au centre, il y avait un dictionnaire miniature d'anglais-espagnol. Malmené par sa nuit, Adamsberg saisit cette occasion de sortir et de marcher. Un agent était déjà sur place, qui veillait sur le cercle bleu comme sur le saint suaire. L'agent se tenait très droit près du petit dictionnaire. Le spectacle était idiot.

Est-ce que je me trompe ? se demanda Adamsberg.

À vingt mètres de là en descendant le boulevard, un café était déjà ouvert. Il était sept heures. Il s'installa en terrasse et demanda au garçon si l'établissement fermait tard, et qui était de service entre onze heures du soir et minuit trente. Il pensait que pour rejoindre la station Luxembourg, l'homme aux cercles avait pu passer devant ce bistrot, s'il restait fidèle au métro. Le patron vint lui répondre lui-même. Il était assez agressif et Adamsberg lui montra sa carte.

— Votre nom ne m'est pas inconnu, dit le patron. Vous êtes célèbre dans votre métier.

Adamsberg laissa passer sans démentir. Ça facilitait le bavardage.

— Si, affirma le patron après avoir écouté Adamsberg. Si, j'ai vu un type pas catholique qui pourrait correspondre à ce que vous cherchez. Vers minuit cinq, il est passé en trottinant très vite pendant que je rangeais les tables en terrasse pour fermer. Vous savez ce que c'est ces chaises en plastique, ça se tortille, ça dégringole, ça s'accroche partout. Bref, l'une d'elles était tombée et il s'est pris les pieds dedans. Je me suis approché pour l'aider à se relever mais il m'a repoussé sans dire un mot et il est reparti aussi vite avec une sacoche coincée sous le coude qu'il n'avait pas lâchée.

— C'est bien ça, dit Adamsberg.

Le soleil arrivait jusqu'à la terrasse, il tournait son café, ça allait mieux. Camille regagnait enfin sa place lointaine.

— Vous en avez pensé quelque chose ? demanda-t-il.

— Rien. Si. J'ai pensé, voilà encore un pauvre gars, je dis pauvre gars parce qu'il était maigrichon, enfin voilà un gars qui a passé une soirée arrosée et qui court parce qu'il va se faire engueuler par sa bonne femme.

— Solidarité masculine, murmura Adamsberg, pris d'une légère répulsion pour l'homme. Et pourquoi une soirée arrosée ? Il ne tenait pas bien sur ses jambes ?

— Si. En y réfléchissant, il était plutôt agile au contraire. Disons qu'il devait sentir l'alcool, encore que je l'ai à peine remarqué sur le coup. Ça me revient parce que vous m'en faites parler. Chez moi, c'est une seconde nature de repérer ça, l'odeur d'alcool. Vous comprenez, mon métier... Vous me montrez n'importe quel gars et je peux vous dire à quel stade exact il en est. Et ce gars-là, le petit nerveux d'hier soir, il avait avalé quelques petits verres. Ça se flairait, oui, ça se flairait.

— Quoi ? Du whisky ? Du vin ?

— Non, hésita le patron, ni l'un ni l'autre. Un truc plus sucrailleux que ça. Je verrais plutôt des petits godets de liqueur qu'on écluse les uns après les autres autour d'une partie de cartes entre vieux garçons, le style dentelle, vous voyez, mais qui atteint son but quand même, mine de rien.

— Calvados ? Alcool de poire ?

— Ah, vous m'en demandez trop, je finirais par inventer à la longue. Je n'avais aucune raison de le respirer ce gars-là, après tout.

— Alors disons, alcool de fruits…

— Ça vous apporte quelque chose, ça ?

— Beaucoup, dit Adamsberg. Soyez assez aimable pour passer au commissariat dans la journée pour qu'on enregistre votre déposition. Je vous laisse l'adresse. Et n'oubliez surtout pas de signaler cette odeur de fruits à mon collègue.

— J'ai dit alcool, je n'ai pas dit fruits.

— Oui, comme vous voudrez. Ça n'a pas d'importance.

Adamsberg souriait, satisfait. Il repensa à la petite chérie, pour voir. Ça ne lui fit presque rien, un léger désir passant comme un oiseau au loin, mais sans plus. Soulagé, il quitta le bistrot. Aujourd'hui, il enverrait Danglard chez Mathilde pour essayer de lui arracher l'adresse du restaurant où elle avait suivi cet homme triste et travailleur à l'imperméable. On ne sait jamais.

Mais il préférait ne pas rencontrer Mathilde aujourd'hui.

L'homme aux cercles, quant à lui, continuait à faire tourner sa craie pas loin de la rue Pierre-et-Marie-Curie. Il continuait à s'agiter, à discuter.

Et lui, Adamsberg, il l'attendait.

*
* *

Danglard arracha l'adresse du restaurant de Pigalle à Mathilde, mais l'établissement avait disparu depuis deux ans.

Au long de toute la journée, Danglard épia l'humeur vagabonde d'Adamsberg. Danglard trouvait que l'enquête se traînait. Mais il reconnaissait qu'il n'y avait pas grand-chose qu'on puisse faire. Il avait de son côté tamisé toute la vie de Madeleine Châtelain sans y trouver la moindre scorie. Il avait aussi été voir Charles Reyer pour lui demander d'expliquer sa curiosité à propos de l'article de la gazette. Reyer s'était senti pris au dépourvu, assez mécontent, surtout vexé sans doute d'avoir si mal dissimulé les choses à Adamsberg. Mais Reyer avait une certaine inclination pour Danglard, et les sonorités sourdes et traînantes de la voix de cet homme fatigué, qu'il imaginait de grande taille, l'inquiétaient moins que le timbre trop doux de la voix d'Adamsberg. Sa réponse à Danglard avait été simple. Encore étudiant en anatomie animale, il avait eu l'occasion d'assister à des séminaires qu'avait donnés Mme Forestier. C'était vérifiable. À l'époque, il n'avait pas de raison d'en vouloir à qui que ce soit, et il avait apprécié Mme Forestier telle qu'elle était, intelligente et séduisante, n'ayant jamais oublié un mot des conférences qu'elle leur avait faites. Ensuite, il avait voulu tout rayer de cette vie-là. Mais quand cet homme dans le hall de l'hôtel avait fait allusion à la « grande dame de la mer », l'écho du souvenir avait été assez agréable, tout compte fait, pour qu'il souhaite vérifier s'il s'agissait bien d'elle et ce qu'on pouvait bien lui reprocher. Reyer comprit que Danglard semblait convaincu. Danglard lui demanda néanmoins pourquoi il n'avait pas expliqué ça hier à Adamsberg, et pourquoi il n'avait pas dit à Mathilde qu'il la connaissait déjà, avant leur « hasardeuse » rencontre de la rue Saint-

Jacques. Reyer avait répondu à la première question qu'il ne voulait pas qu'Adamsberg lui complique trop l'existence, et à la seconde qu'il ne tenait pas à ce que Mathilde l'amalgame à ces éternels étudiants devenus, vieillissants, serviteurs de la dame. Ce qu'il ne tenait pas à être.

En gros, pas grand-chose à tirer de tout cela, se disait Danglard. Le vrac habituel de demi-vérités qui font s'étirer les choses en longueur. Les gosses seraient déçus. Mais il reprochait à Adamsberg cette lenteur des jours, seulement ponctués au matin par les cercles qui réapparaissaient.

Il avait l'impression injustifiée que c'était Adamsberg qui influait en mal sur l'écoulement du temps. Le commissariat lui-même avait fini par être imprégné de la spécificité du comportement de son commissaire. Les fureurs sans objet réel désertaient peu à peu Castreau, et les sottises se faisaient plus rares dans la bouche de Margellon, non que l'un fût devenu moins brutal et l'autre moins imbécile, mais comme si ce n'était plus la peine de se casser la tête à parler tout le temps. En gros, mais ce n'était qu'une impression qui ne venait peut-être que de ses propres soucis, les éclats et les excès insignifiants de toutes sortes se faisaient moins voyants, moins utiles, remplacés par un fatalisme insouciant qui lui semblait plus dangereux. Tous ces hommes semblaient tirer avec tranquillité les voiles de leur navire, sans s'affoler de leur passagère inaction quand le vent tombait, laissant les voiles immobiles. Les affaires quotidiennes suivaient leur cours, trois agressions dans la même rue hier. Adamsberg entrait et sortait, disparaissait et revenait, sans que cela ne fasse plus saillir ni critique ni alarme.

*
* *

Jean-Baptiste se coucha tôt. Même, il éconduisit sans la blesser, pensa-t-il, la jeune voisine d'en dessous. Pourtant ce matin, il aurait souhaité la voir d'urgence pour changer le cours de ses idées et le faire rêver d'un autre corps. Mais le soir venu, il ne pensait plus qu'à s'endormir au plus vite, sans fille, sans livre, sans pensée.

Quand le téléphone sonna dans la nuit, il sut que c'était arrivé, la fin du piétinement, le sursaut, et il sut que quelqu'un était mort. C'était Margellon qui l'appelait. Un homme avait été méchamment égorgé sur le boulevard Raspail, dans sa section déserte qui mène à la place Denfert. Margellon était sur place avec l'équipe du secteur du 14e arrondissement.

— Le cercle ? Comment est le cercle ? interrogea Adamsberg.

— Le cercle est là, commissaire. Bien exécuté, comme si le type avait pris tout son temps. L'inscription autour est complète aussi. Toujours la même : « Victor, mauvais sort, que fais-tu dehors ? » Je n'en sais pas plus pour le moment. Je vous attends.

— J'arrive. Réveillez Danglard. Dites-lui qu'il s'amène au plus vite.

— Ce n'est peut-être pas nécessaire de déranger tout le monde ?

— Je le veux, dit Adamsberg. Et vous aussi, continua-t-il, restez également.

Il avait ajouté ça pour ne pas blesser.

Adamsberg passa on ne sait quel pantalon et on ne sait quelle chemise, c'est ce que nota Danglard qui était arrivé sur place quelques minutes plus tôt. Pour la chemise, il avait boutonné le samedi avec le dimanche, comme disait son père, et il s'en aperçut. Tout en regardant le cadavre, Adamsberg s'appliquait donc à remettre les boutons de sa chemise dans le bon ordre, en les défaisant tous au préalable, et sans prendre en aucune façon conscience de l'incongruité de se rhabiller sur le boulevard Raspail devant les types du commissariat du secteur. Ils le regardaient faire sans rien dire, il était trois heures trente du matin. Comme à toutes ces occasions où Danglard sentait que le commissaire allait être la cible de commentaires appuyés, il avait envie de le défendre contre vents et marées. Mais là, il n'y avait rien qu'il puisse faire.

Adamsberg acheva donc avec tranquillité de refermer sa chemise en regardant le corps, plus mutilé encore que celui de Madeleine Châtelain, à ce qu'il semblait sous la lumière des projecteurs. La gorge avait été si profondément tranchée que la tête de l'homme en était presque retournée.

Danglard, qui était aussi vaseux que devant le cadavre de Madeleine Châtelain évita d'y porter trop les yeux. La gorge, c'était son point sensible. La seule idée de porter une écharpe l'angoissait, comme si ça pouvait l'asphyxier. Il n'aimait pas se raser sous le menton non plus. Alors il regardait dans l'autre sens, vers les pieds du mort, l'un orienté près du mot « Victor », l'autre près du mot « sort ». Chaussures soignées, très classiques. Le regard de Danglard suivait le corps longiligne, examinant la coupe du costume gris, la présence cérémonieuse d'un gilet. Un vieux médecin, estima-t-il.

Adamsberg considérait le corps de l'autre côté, face à la gorge du vieil homme. Ses lèvres s'emmêlaient dans un pli de dégoût, dégoût pour la main qui avait tailladé ce cou. Il pensait au gros crétin de chien baveux et c'était tout. Son collègue du 14e s'approcha et lui tendit la main.

— Commissaire Louviers. Je n'avais pas encore eu l'occasion de vous rencontrer, Adamsberg. Circonstance pénible.

— Oui.

— J'ai jugé utile de prévenir aussitôt votre secteur, insista Louviers.

— Je vous remercie. Qui c'est, le monsieur? demanda Adamsberg.

— Je suppose que c'est un médecin à la retraite. C'est ce que raconte en tout cas la sacoche de soins d'urgence qu'il avait avec lui. Il avait soixante-douze ans. Il s'appelle Gérard Pontieux, il est né dans l'Indre, il mesure un mètre soixante-dix-neuf, bref, rien de plus à dire pour le moment que le contenu de sa carte d'identité.

— On ne pouvait pas empêcher ça, dit Adamsberg en secouant la tête. On ne pouvait pas. Un second meurtre était prévisible mais imparable. Tous les policiers de Paris n'auraient pas suffi à l'empêcher.

— Je sais ce que vous pensez, dit Louviers. L'affaire était entre vos mains depuis le meurtre Châtelain, et le coupable n'a pas été coincé. Il récidive, ce n'est jamais agréable.

C'est vrai, c'était à peu près ça que pensait Adamsberg. Il avait su que ce nouveau meurtre arriverait. Mais pas une seconde il n'avait espéré pouvoir faire quelque chose contre. Il y a des stades de recherche où l'on ne peut rien faire qu'attendre que l'irréparable survienne pour essayer d'en tirer quelque chose de neuf. Adamsberg n'avait pas de remords. Mais il avait de la peine pour ce pauvre vieux type chic et gentil étalé par terre, qui avait fait les frais de son impuissance.

Au petit matin, le corps était emmené en fourgon. Conti était venu effectuer les photos à la lumière du premier jour, relayant son collègue du 14e. Adamsberg, Danglard, Louviers et Margellon se retrouvèrent autour d'une table du *Café Ruthène* qui venait de lever son volet.

Adamsberg restait silencieux, déconcertant son massif collègue du 14e qui lui trouvait les yeux voilés, la bouche tordue et les cheveux emmêlés.

— Pas la peine d'interroger les cafetiers cette fois, dit Danglard. Le *Café des Arts* et le *Ruthène* sont des établissements qui ferment trop tôt, avant dix heures. L'homme aux cercles s'y connaît en endroits déserts. Il avait déjà opéré pas loin d'ici pour le chat crevé, rue Froidevaux, le long du cimetière.

— C'est chez nous, ça, remarqua Louviers. Vous ne nous aviez pas prévenus.

— Il n'y avait pas eu meurtre, ni même incident, répondit Danglard. On s'est déplacés par simple curiosité. D'ailleurs, vous n'êtes pas exact, car c'est un de vos types qui m'a donné l'information.

— Ah, bon, dit Louviers. Content quand même d'être au courant.

— Comme le précédent cadavre, intervint Adamsberg du bout de la table, celui-ci ne dépasse pas de la circonférence du cercle. Impossible donc de démêler si l'homme aux cercles en est responsable ou si l'on s'est servi de lui. Ambiguïté, toujours. Très habile.

— Donc ? demanda Louviers.

— Donc rien. Le médecin légiste situe la mort vers une heure du matin. Un peu tard, je trouve, conclut-il après un nouveau silence.

— C'est-à-dire ? demanda Louviers qui ne se décourageait pas.

— C'est-à-dire après la fermeture des grilles du métro.

Louviers resta perplexe. Puis Danglard lut sur son visage qu'il renonçait à la conversation. Adamsberg demanda l'heure.

— Presque huit heures trente, dit Margellon.

— Allez téléphoner à Castreau. Je lui ai demandé quelques vérifications sommaires vers quatre heures trente. Il doit avoir avancé à présent. Dépêchez-vous avant qu'il aille se coucher. Castreau ne plaisante pas avec son temps de sommeil.

Quand Margellon revint, il dit que les vérifications sommaires n'avaient pas apporté grand-chose.

— Je m'en doute, dit Adamsberg, mais dites quand même.

Margellon lut ses notes.

— Le Dr Pontieux n'a pas de casier. On a déjà affranchi sa sœur, qui habite toujours dans la maison de famille de l'Indre. Il semble qu'elle soit sa seule famille. Elle a quelque chose comme quatre-vingts ans. Enfant d'un couple d'agriculteurs, le Dr Pontieux réalisa une ascension sociale qui absorba, semble-t-il, toute son énergie. La phrase est de Castreau, précisa Margellon. Bref, il est resté célibataire. D'après la gardienne de son immeuble, que Castreau a également appelée, il n'y a guère d'affaires de femmes à relever, ni de quoi que ce soit d'autre d'ailleurs. Ça, c'est Castreau qui le rajoute aussi. Il habitait là depuis au moins trente ans, avec son cabinet au troisième et son appartement au deuxième, et la gardienne l'a toujours connu. Elle dit qu'il était prévenant et bon comme du pain et elle pleure beaucoup. Résultat, aucun nuage, un homme sobre. Tranquillité, monotonie. Ça…

— Ça, c'est Castreau qui le rajoute, coupa Danglard.

— La gardienne sait-elle pourquoi le docteur est sorti hier soir ?

— Il avait été appelé au chevet d'un môme fiévreux. Il n'exerçait plus, mais d'anciens clients aimaient bien lui demander conseil. Elle suppose qu'il avait décidé de rentrer à pied. Il aimait marcher à pied, pour l'hygiène, forcément.

— Pas forcément, dit Adamsberg.

— À part ça ? demanda Danglard.

— À part ça rien, et Margellon rangea ses notes.

— Un inoffensif médecin de quartier, conclut Louviers, aussi neigeux que votre précédente victime. Même scénario on dirait.

— Il y a pourtant une grosse différence, dit Adamsberg. Une énorme différence.

Les trois hommes le regardaient en silence. Adamsberg gribouillait avec une allumette brûlée sur un coin de la nappe en papier.

— Vous ne voyez pas ? demanda Adamsberg en les regardant, sans intention de les défier.

— Faut croire que ça ne saute pas aux yeux, dit Margellon. Quelle énorme différence ?

— Cette fois, c'est un homme qu'on a tué, dit Adamsberg.

*
* *

Le médecin légiste remit son rapport complet en fin d'après-midi. Il situait l'heure du décès vers une heure trente. Le Dr Gérard Pontieux avait, comme Madeleine Châtelain, été assommé avant d'être égorgé. Le meurtrier s'était acharné en pratiquant dans la gorge au moins six entailles et avait atteint les vertèbres. Adamsberg grimaça. Toute l'enquête de la journée n'avait guère fourni plus de renseignements que ceux qu'ils possédaient au matin. Maintenant, on savait pas mal de trucs sur le vieux docteur, mais rien que de l'ordinaire. Son appartement, son cabinet, ses papiers privés avaient révélé une vie sans porte dérobée. Le docteur se préparait à louer son domicile pour retourner dans l'Indre où il venait d'acheter, dans des conditions également ordinaires, une petite maison. Il laissait une bonne petite somme à sa sœur, pas de quoi tuer un chat.

Danglard revint vers cinq heures. Il avait ratissé tous les environs du meurtre avec trois hommes. Adamsberg vit qu'il avait l'air satisfait mais qu'il avait aussi envie de se verser un verre.

— Il y avait ça dans le caniveau, dit Danglard en lui montrant une pochette plastique. Ce n'était pas loin du corps, à vingt mètres environ. L'assassin n'a même pas pris la peine de dissimuler la chose. Il agit comme s'il était intouchable, certain de son impunité. C'est la première fois que je vois ça.

Adamsberg ouvrit la pochette. Dedans, il y avait deux gants de cuisine en caoutchouc rose, collés de sang. C'était assez répugnant.

— L'assassin voit la vie simplement, non ? dit Danglard. Il égorge avec des gants de cuisine, et puis il s'en débarrasse un peu plus loin en les jetant dans le caniveau, comme si c'était une simple boulette de papier. Mais il n'y aura pas d'empreinte. C'est ça qu'il y a de bien avec les gants en caoutchouc : on peut s'en défaire en les faisant glisser sans les toucher, et c'est des gants qu'on trouve partout. Qu'est-ce que vous voulez qu'on fasse avec ça, à part conclure que le meurtrier est follement sûr de lui ? Il va nous en tuer combien comme ça ?

— On est vendredi. Ce qu'il y a de presque certain, c'est qu'il n'y aura rien ce week-end. J'ai l'impression que l'homme aux cercles ne bouge pas le samedi ni le dimanche. Une organisation très régulière. Si l'assassin est un autre homme que lui, il devra attendre de nouveaux cercles. Pour la forme, qu'est-ce que donne l'alibi de Reyer pour cette nuit ?

— Toujours pareil. Il dormait. Aucun témoin. Tout le monde dormait dans la maison. Et il n'y a pas de concierge pour capter leurs éventuelles allées et venues. Il y a de moins en moins de concierges, c'est dramatique pour nous.

— Mathilde Forestier m'a appelé tout à l'heure. Elle avait appris le meurtre par la radio, et elle avait l'air ébranlée.

— À voir, dit Danglard.

*
* *

Et il n'y eut plus rien pendant plusieurs jours. Adamsberg remit dans son lit la voisine d'en dessous, Danglard reprit ses poses lasses de fin d'après-midi de juin. Seule la presse s'agitait. Maintenant, une bonne dizaine de journalistes se relayaient sur le trottoir.

Mercredi, Danglard fut le premier à perdre patience.

— Il nous tient, gronda-t-il. On ne peut rien faire, rien trouver, rien prouver. On est là, languissants, et on attend qu'il nous invente quelque chose. On ne sait rien faire d'autre qu'attendre un nouveau cercle. C'est insupportable. Pour moi, c'est insupportable, précisa-t-il après avoir jeté un regard à Adamsberg.

— Demain, dit Adamsberg.

— Demain quoi ?

— Demain matin, il y aura un nouveau cercle, Danglard.

— Vous n'êtes pas devin.

— On ne va pas revenir là-dessus, on en a déjà parlé tous les deux. L'homme aux cercles a un projet. Et comme dit Vercors-Laury, il a besoin d'exhiber ses pensées. Il ne laissera pas passer la semaine entière sans se manifester. D'autant que la presse ne parle plus que de lui. S'il cercle cette nuit, Danglard, il faut craindre un nouveau meurtre dans la nuit suivante, dans la nuit de jeudi à vendredi. Cette fois il faudra augmenter tous les effectifs de ronde, au moins dans le 5e, le 6e et le 14e arrondissement.

— Pourquoi ? Le meurtrier n'est pas obligé de se précipiter. Il ne l'a jamais fait jusqu'ici.

— Maintenant, c'est différent. Comprenez-moi, Danglard : si l'homme aux cercles est le tueur, et s'il recommence à cercler, c'est qu'il a l'intention d'assassiner à nouveau. Mais il sait qu'il doit faire vite à présent. Trois témoins l'ont déjà décrit, sans compter Mathilde Forestier. On pourra bientôt constituer un portrait-robot. Il est au courant par les journaux. Il sait bien qu'il ne peut pas continuer comme ça très longtemps. Ses méthodes sont trop risquées. Alors, s'il veut achever ce qu'il a commencé, il ne peut plus traîner.

— Et si le meurtrier n'est pas l'homme aux cercles ?

— Ça ne change rien. Il ne peut pas compter non plus sur la durée. Son homme aux cercles, apeuré par les deux crimes, peut cesser ses jeux plus tôt que prévu. Il devra donc se précipiter avant que le maniaque ne s'arrête.

— Possible, dit Danglard.

— Très possible, mon vieux.

Danglard s'agita toute la nuit. Comment Adamsberg pouvait-il attendre avec tant de nonchalance et comment s'autorisait-il à prévoir ? On n'avait jamais l'impression qu'il se servait des faits. Il lisait tous les dossiers qu'il lui avait constitués sur les victimes et les suspects, mais c'est à peine s'il les commentait. Il suivait on ne sait quel vent. Pourquoi avait-il l'air de trouver important que la deuxième victime soit un homme ? Parce que ça permettait d'éliminer l'hypothèse de crimes sexuels ?

Ce n'était pas une surprise pour Danglard. Il pensait depuis longtemps que quelqu'un se servait de l'homme aux cercles dans un but précis. Mais ni le meurtre de Châtelain ni celui de Pontieux ne semblaient profitables à quiconque. Ils ne semblaient servir qu'à accréditer l'idée d'une «série maniaque». Est-ce pour cela qu'il fallait s'attendre à une nouvelle tuerie? Mais pourquoi Adamsberg continuait-il à ne penser qu'à l'homme aux cercles? Et pourquoi l'avait-il appelé «mon vieux»? Rompu de se retourner cent fois dans son lit, et crevant de chaud, Danglard pensa à se lever pour aller se rafraîchir à la cuisine avec le fond de la bouteille. Il faisait attention devant les gosses à souvent laisser un fond dans la bouteille. Mais Arlette s'apercevrait demain qu'il avait éclusé dans la nuit. Bon, ce ne serait pas la première fois. Elle dirait en faisant la moue: «Adrien – elle l'appelait souvent Adrien –, Adrien, t'es un saligaud.» Mais il hésitait surtout parce que boire la nuit lui fichait un mal au crâne infernal au réveil, lui décortiquait les cheveux et lui démontait les articulations, et il devait absolument être d'aplomb demain matin. Au cas où il y aurait un nouveau cercle. Et pour organiser les rondes de la nuit suivante, de la nuit du crime. C'était agaçant de se laisser faire de la sorte par les convictions enfumées d'Adamsberg, mais c'était plus agréable, tout compte fait, que de lutter contre.

Et l'homme cercla. À l'autre bout de Paris, dans la petite rue Marietta-Martin, dans le 16e arrondissement. Le commissariat mit quelque temps à les prévenir. Ils n'étaient pas bien au courant, le secteur n'ayant jamais eu jusqu'ici à souffrir des cercles bleus.

— Pourquoi ce nouveau quartier? demanda Danglard.

— Pour nous montrer, après avoir écumé les environs du Panthéon, qu'il n'est pas assez borné pour avoir des *a priori*, et que meurtre ou pas meurtre, il garde sa liberté et son pouvoir sur tout le territoire de la capitale. Quelque chose comme ça, murmura Adamsberg.

— Ça nous balade, dit Danglard, un doigt enfoncé sur son front.

Cette nuit, il n'avait pas tenu le coup, et il avait fini la bouteille et même commencé une autre. La barre en plomb qui cognait maintenant dans son front lui faisait presque perdre la vue. Et ce qui l'inquiétait le plus, c'est qu'Arlette ne lui avait rien dit au petit déjeuner. Mais Arlette savait qu'il avait des soucis en ce moment, coincé entre son compte en banque presque vide, cette enquête impossible et le caractère déstabilisant du nouveau commissaire. Peut-être ne voulait-elle pas l'emmerder davantage. Alors c'est qu'elle ne comprenait pas que Danglard aimait quand elle disait : « Adrien, t'es un saligaud. » Parce qu'à ce moment-là, il était sûr d'être aimé. C'était une sensation simple mais néanmoins réelle.

Au milieu du cercle, fait d'un seul élan, il y avait une pomme d'arrosoir en plastique rouge.

— Ça a dû tomber du balcon du dessus, dit Danglard en levant le nez. Elle remonte à l'Antiquité, cette pomme d'arrosoir. Et pourquoi cercler ça, et pas le paquet de cigarettes qui est à deux mètres ?

— Vous connaissez la liste, Danglard. Il prend soin que tous les objets cerclés ne soient pas des objets volants. Jamais un ticket de métro, jamais une feuille ou un mouchoir en papier, ou tout ce que le vent risquerait d'emporter dans la nuit. Il veut être certain que la chose dans le cercle sera bien là au matin. Ce qui donne à penser qu'il s'occupe plus de l'image à donner de lui-même que de la « revitalisation de la chose en soi », comme dirait Vercors-Laury. Sinon, il n'exclurait pas les objets fugaces, qui ont autant d'importance que les autres, du point de vue de la « renaissance métaphorique des trottoirs »… Mais du point de vue de l'homme aux cercles, un rond trouvé vide au matin serait une insulte à sa création.

— Cette fois, dit Danglard, il n'y aura pas non plus de témoin. C'est encore un coin sans cinéma et sans bistrot proche ouvert le soir. Et un coin où les gens ont tendance à se coucher tôt. Il se fait discret, l'homme aux cercles.

Jusqu'à midi, Danglard garda un doigt pressé sur le front. Ça allait un peu mieux après le déjeuner. Il put s'occuper tout l'après-midi avec Adamsberg d'organiser les surcroîts d'effectifs qui devaient sillonner Paris cette nuit. Danglard secouait la tête, se demandant l'utilité de tout cela. Mais il reconnaissait qu'Adamsberg avait vu juste pour le cercle de ce matin.

Vers huit heures du soir, tout était en place. Mais le territoire de la ville était si grand que les mailles de la surveillance étaient bien entendu trop larges.

— S'il est habile, dit Adamsberg, il y échappera, c'est évident. Et bien sûr qu'il est habile.

— Au point où on en est, on devrait surveiller la maison de Mathilde Forestier, non ? demanda Danglard.

— Oui, répondit Adamsberg. Mais qu'ils ne se fassent pas repérer, par pitié.

Il attendit que Danglard soit sorti pour appeler chez Mathilde. Il lui demanda simplement de se tenir à carreau ce soir et de ne pas tenter d'escapade ou de filature.

— Service à me rendre, précisa-t-il. Ne cherchez pas à comprendre. Au fait, Reyer est chez lui ?

— Sans doute, dit Mathilde. Il n'est pas à moi, je ne le surveille pas.

— Et Clémence est avec vous ?

— Non. Comme toujours, Clémence est partie en riant sous cape à un rendez-vous prometteur. Ça se déroule d'une manière invariable. Soit elle attend le type jusqu'à point d'heure dans une brasserie sans voir personne, soit le type repart aussi sec dès qu'il l'aperçoit. Dans un cas comme dans l'autre, elle revient délabrée. Fichue perspective. Elle ne devrait pas faire ça le soir, ça lui colle le bourdon.

— Bien. Restez tranquille jusqu'à demain, madame Forestier.

— Vous craignez quelque chose ?

— Je ne sais pas, répondit Adamsberg.

— Comme d'habitude, dit Mathilde.

*
* *

Adamsberg ne se décida pas à quitter le commissariat cette nuit-là. Danglard choisit de rester avec lui. Le commissaire griffonnait en silence sur ses genoux, les jambes allongées, calées sur la corbeille à papier. Danglard mastiquait des vieux caramels qu'il avait trouvés dans le tiroir de Florence, pour tenter de s'empêcher de boire.

Un agent de faction marchait sur le boulevard de Port-Royal, entre la petite gare et le coin de la rue Bertholet. Un collègue faisait la même chose à partir des Gobelins.

Depuis dix heures du soir, il avait eu le temps de faire onze fois l'aller et retour et ça l'agaçait de ne pas pouvoir s'empêcher de compter. Quoi faire d'autre ? Depuis une heure, il n'avait plus rencontré grand monde sur le boulevard. Juillet avait commencé, Paris s'était déjà en partie vidé.

Maintenant, une jeune femme en blouson de cuir le croisait d'une démarche un peu irrégulière. Elle était belle, elle rentrait peut-être chez elle. On approchait de une heure quinze du matin et l'agent eut envie de lui dire de presser le pas. Elle lui paraissait vulnérable et il eut peur pour elle. Il courut pour la rattraper.

— Mademoiselle, est-ce que vous allez loin?

— Non, dit la jeune femme. Vers le métro Raspail.

— Raspail? Ça ne me plaît pas trop, dit l'agent. J'ai envie de vous accompagner un peu. Mon collègue suivant n'est posté qu'au secteur Vavin.

La fille avait les cheveux coupés sur la nuque. La ligne du maxillaire était nette et troublante. Non, il n'avait pas envie qu'on l'abîme. Mais cette fille avait l'air tranquille dans la nuit. La nuit de la ville, elle semblait connaître ça.

La fille alluma une cigarette. Elle n'était pas très à l'aise en sa compagnie.

— Mais quoi? Il se passe quelque chose? demanda-t-elle.

— Il paraît que la nuit n'est pas saine. Je vous fais un bout de conduite sur cinquante mètres.

— Comme vous voudrez, dit la fille.

Mais c'était clair qu'elle aurait autant aimé être seule, et ils marchèrent en silence.

Quelques minutes plus tard, l'agent la laissait au tournant de sa rue et revenait sur ses pas en direction de la petite gare de Port-Royal. Il longea une fois encore le boulevard jusqu'à ce qu'il croise la rue Bertholet. Douzième fois. À parler et à raccompagner cette femme, il avait perdu au plus dix minutes dans sa ronde. Mais ça lui semblait aussi faire partie de son boulot.

Dix minutes. Mais ça avait suffi. Quand il jeta un œil dans la rue Bertholet, longue et droite, il vit la forme sur le trottoir.

Ça y est, pensa-t-il avec désespoir, c'est pour moi.

Il s'approcha en courant. Si ça pouvait n'être qu'un tapis roulé. Mais du sang coulait jusqu'à lui. Il posa sa main sur le bras étendu au sol. C'était tiède, ça venait de se faire. C'était une femme.

Son récepteur grésillait. Il contacta ses collègues postés aux Gobelins, à Vavin, à Saint-Jacques, à Cochin,

Raspail et Denfert pour leur demander de transmettre la nouvelle, de ne pas quitter leur poste et d'interpeller tous les passants qu'ils rencontreraient. Mais si le meurtrier était parti en voiture par exemple, c'était certain qu'il échapperait. Il ne se sentait pas coupable de s'être éloigné de sa trajectoire le temps d'accompagner cette jeune femme. Il avait peut-être sauvé cette fille au joli maxillaire.

Mais il n'avait pas sauvé celle-là. À quoi ça tient, la vie. Du maxillaire de la morte, d'ailleurs, on ne distinguait plus rien. Seul, écœuré, l'agent détourna sa lampe, alerta ses supérieurs et attendit, la main sur son pistolet. Ça faisait longtemps qu'il n'avait pas été aussi impressionné par la nuit.

Quand le téléphone sonna, Adamsberg leva son visage vers Danglard mais il ne sursauta pas.

— C'est arrivé, dit-il.

Et puis il décrocha, en se mordant la lèvre.

— Où ? Répétez où, dit-il après une minute. Bertholet ? Mais tout le 5e devait être truffé d'hommes ! Il devait y en avoir quatre sur la seule longueur de Port-Royal ! Qu'est-ce qui s'est passé, bon Dieu ?

La voix d'Adamsberg avait monté. Il brancha le micro pour que Danglard puisse entendre les réponses de l'agent.

— On n'était que deux sur Port-Royal, commissaire. Il y a eu cet accident de métro à Bonne-Nouvelle, deux rames en collision vers vingt-trois heures quinze. Pas de blessés graves mais pas mal hommes ont dû y aller.

— Mais il fallait délester les secteurs périphériques et envoyer les hommes vers le 5e ! J'avais dit de serrer les rues du 5e ! Je l'avais dit !

— Je n'y peux rien, commissaire. Je n'ai pas eu d'instructions.

C'était la première fois que Danglard voyait Adamsberg presque hors de lui. C'est vrai, ils avaient été alertés de l'accident à Bonne-Nouvelle, mais ils avaient tous deux pensé que les hommes du 5e et du 14e ne seraient pas touchés. Il avait dû y avoir des ordres contradictoires, ou bien le réseau souhaité par Adamsberg n'avait pas été jugé si indispensable en haut lieu.

— De toute façon, dit Adamsberg en secouant la tête, il l'aurait fait. Dans cette rue ou dans cette autre, à cette heure ou à une autre, il aurait fini par arriver à le faire. C'est un monstre. On n'y pouvait rien, ce n'est pas la peine de s'énerver. Venez, Danglard, on file là-bas.

Là-bas, il y avait les gyrophares, les projecteurs, la civière, le médecin légiste, pour la troisième fois autour d'un corps égorgé bien circonscrit dans les limites de son cercle bleu.

— *Victor, mauvais sort, que fais-tu dehors ?* murmura Adamsberg.

Il regarda la nouvelle victime.

— Tailladée d'une aussi terrible manière que l'autre, dit le médecin. On s'est acharné au couteau sur les vertèbres cervicales. L'instrument n'était pas assez puissant pour les sectionner, mais l'intention y était, je vous le garantis.

— D'accord, docteur, vous nous écrirez tout ça, dit Adamsberg qui voyait Danglard en sueur. Le crime vient de se faire, c'est bien ça ?

— Oui, et entre une heure cinq et une heure trente-cinq, si l'agent est exact.

— Votre itinéraire, dit Adamsberg en se tournant vers l'agent, c'était d'ici à la place de Port-Royal ?

— Oui, commissaire.

— Que vous est-il arrivé ? Vous ne pouviez pas mettre plus de vingt minutes à faire l'aller et retour.

— Non, c'est vrai. Mais une fille est passée seule quand j'arrivais pour la onzième fois à la petite gare. Je ne sais pas, appelez ça un pressentiment, j'ai voulu l'accompagner jusqu'au coin de sa rue. Ce n'était pas loin. Je pouvais voir Port-Royal tout le long du chemin. Je ne cherche pas à me disculper, commissaire, je prends cet écart sous ma responsabilité.

— Laissons tomber, dit Adamsberg. Il l'aurait fait, de toute façon. Vous n'avez aperçu personne qui corresponde à ce qu'on cherche ?

— Personne.

— Et ceux du secteur ?

— Ils n'ont rien signalé.

Adamsberg soupira.

— Vous avez remarqué le cercle, commissaire ? dit Danglard. Il n'est pas rond. C'est incroyable, il n'est pas rond. Le trottoir était trop étroit dans cette rue, il a dû le faire ovale.

— Oui, et ça a dû le contrarier.

— Mais pourquoi ne pas le faire sur le boulevard où il avait toute la place ?

— Trop de flics quand même, Danglard. Qui est la dame ?

Il y eut à nouveau la lecture des papiers, la fouille du sac à la lueur des lampes.

— Delphine Le Nermord, née Vitruel, elle avait cinquante-quatre ans. Et ça, c'est une photo d'elle, il me semble, continua Danglard en vidant avec soin le contenu du sac à main sur un plastique. Elle a l'air jolie, un peu surfaite. L'homme qui la tient par l'épaule, ça doit être le mari.

— Non, dit Adamsberg, c'est impossible. On ne lui voit pas d'alliance, mais à elle si. C'est peut-être son amant, un type plus jeune. Ça expliquerait qu'elle ait cette photo avec elle.

— Oui, j'aurais dû remarquer.

— Il fait noir. Venez, Danglard, on va au camion.

Adamsberg savait que Danglard n'en pouvait plus de voir des cous ouverts.

Ils s'assirent chacun sur une banquette opposée à l'arrière du fourgon. Adamsberg feuilletait une revue de mode qu'il avait trouvée dans le sac de Mme Le Nermord.

— Ça me dit quelque chose, ce nom de Le Nermord, dit-il. Mais je n'ai pas de mémoire. Cherchez dans son carnet d'adresses le prénom du mari, et puis leur adresse.

Danglard en tira une carte de visite usée.

— Augustin-Louis Le Nermord. Il y a deux adresses, l'une au Collège de France, l'autre rue d'Aumale, dans le 9ᵉ arrondissement.

— Ça me dit toujours quelque chose, mais je ne vois toujours pas quoi.

— Moi oui, dit Danglard. On a parlé de ce Le Nermord il y a peu de temps comme candidat à un siège à l'Académie des inscriptions et belles-lettres. C'est un byzantiniste, affirma-t-il encore après un moment, un spécialiste de l'Empire de Justinien.

— Mais comment vous savez ça, Danglard ? dit Adamsberg en levant la tête de sa revue, sincèrement étonné.

— Bon. Disons que je connais des trucs sur Byzance.

— Mais pourquoi ?

— J'aime bien savoir, c'est tout.

— Sur l'Empire de Justinien aussi, vous aimez savoir ?

— Faut croire, soupira Danglard.

— C'était quand, ça, Justinien ?

Adamsberg n'était jamais embarrassé de demander quand il ne savait pas, même à propos de ce qu'il aurait dû savoir.

— Au vɪᵉ siècle.

— Après Jésus-Christ ou avant ?

— Après.

— L'homme m'intéresse. Venez, Danglard, on va lui annoncer la mort de sa femme. Pour une fois qu'une de nos victimes a de la famille proche, il faut en profiter pour le regarder réagir.

La réaction d'Augustin-Louis Le Nermord fut simple. Après les avoir écoutés, mal réveillé, le petit homme ferma les yeux, mit les mains sur son ventre, et devint blanc tout autour des lèvres. Il courut hors de la pièce et Danglard et Adamsberg l'entendirent vomir quelque part dans la maison.

— Au moins, c'est clair, dit Danglard. Il est secoué.

— Ou il a pris un vomitif après qu'on a sonné à l'interphone.

L'homme revint en marchant avec précaution. Il avait enfilé une robe de chambre grise par-dessus son pyjama et il s'était passé la tête sous l'eau.

— Nous sommes désolés, dit Adamsberg. Si vous préférez ne répondre à nos questions que demain…

— Non… non… Allez, je vous écoute, messieurs.

Ce petit type voulait avoir de la dignité, et il en avait, nota Danglard. Sa pose était droite, son front grand, et son regard d'un bleu moche était tenace et ne lâchait pas celui d'Adamsberg. Il alluma une pipe en leur demandant si ça ne les dérangeait pas, en disant qu'il en avait besoin.

La lumière était faible, la fumée lourde, la pièce envahie de bouquins.

— Vous travaillez sur Byzance ? demanda Adamsberg en jetant un regard à Danglard.

— C'est vrai, dit Le Nermord un peu surpris. Comment le savez-vous ?

— Moi je ne le sais pas. Mais mon collègue vous connaît de nom.

— Merci, c'est gentil de le dire. Mais pourriez-vous me parler d'elle, je vous prie ? Elle... Qu'est-il arrivé, comment ?

— Nous vous donnerons des détails quand vous serez plus fort pour les entendre. C'est déjà assez douloureux de savoir qu'elle a été assassinée. On l'a retrouvée dans un cercle de craie bleue. C'était rue Bertholet, dans le 5e arrondissement. C'est assez loin d'ici.

Le Nermord hochait la tête. Les traits de son visage s'affaissaient. Il faisait très vieux. Il n'était pas agréable à regarder.

— *Victor, triste sort, pourquoi es-tu dehors ?* C'est ça ? interrogea-t-il à voix basse.

— À peu près, pas tout à fait, dit Adamsberg. Vous êtes donc au courant des activités de l'homme aux cercles ?

— Qui ne l'est pas ? La recherche historique ne met à l'abri de rien, monsieur, même si on le souhaite. Et c'est incroyable, on a parlé de ce maniaque avec Delphie – Delphine, ma femme –, la semaine dernière.

— Pourquoi en avez-vous parlé ?

— Delphie avait tendance à prendre sa défense, mais moi, cet homme me dégoûtait. Un faiseur. Mais les femmes ne se rendent pas compte.

— C'est loin, la rue Berthollet. Votre femme était-elle chez des amis ? reprit Adamsberg.

L'homme réfléchit longtemps. Au moins cinq ou six minutes. Danglard se demanda même s'il avait bien entendu la question ou s'il n'allait pas s'endormir. Mais Adamsberg lui fit signe d'attendre.

Le Nermord gratta une allumette pour raviver le fourneau de sa pipe.

— Loin de quoi ? demanda-il enfin.

— Loin de sa maison, dit Adamsberg.

— Non, c'est tout près au contraire. Delphie habitait boulevard du Montparnasse, à côté de Port-Royal. Il faut vous en dire plus ?

— S'il vous plaît.

— Ça fait presque deux ans que Delphie m'a quitté pour vivre chez son amant. C'est un type insignifiant, un niais, mais vous ne me croirez pas si c'est moi qui le dis. Vous jugerez vous-même si vous le voyez. C'est malheureux, c'est tout ce que je peux dire. Alors moi... je vis là-dedans, dans cette grande baraque... seul. Comme un con, acheva-t-il avec un geste circulaire.

Il sembla à l'oreille de Danglard que sa voix s'effritait un peu.

— Malgré tout, vous la voyiez toujours ?

— Difficile de m'en passer, répondit Le Nermord.

— Vous étiez jaloux ? demanda Danglard sans finesse particulière.

Le Nermord haussa les épaules.

— Qu'est-ce que vous voulez, monsieur, on s'habitue. Ça fait douze ans que Delphie me trompe à droite et à gauche. On écume toujours, mais on baisse les bras. À la fin, on ne sait plus si c'est l'amour-propre ou l'amour qui se met en rage, et puis les rages s'espacent et puis on finit par déjeuner ensemble, bien gentiment, bien tristement. Vous connaissez tout ça par cœur, messieurs, on ne va pas en écrire un livre, n'est-ce pas ? Delphie n'était pas meilleure qu'une autre et moi pas plus courageux qu'un autre. Je ne voulais pas la perdre tout à fait. Alors autant la prendre comme elle devenait. J'avoue que le dernier amant, le niais, a eu du mal à passer. Comme un fait exprès, c'est pour le plus insipide de tous qu'elle s'est enflammée et a décidé de déménager.

Il leva les bras et les laissa retomber sur ses cuisses.

— Voilà, dit-il, ça suffit comme ça. Et puis c'est terminé maintenant.

Il serra les paupières et rechargea sa pipe de tabac blond.

— Il faudrait nous détailler votre emploi du temps de ce soir. C'est indispensable, dit Danglard, toujours avec la même simplicité.

Le Nermord les regarda tour à tour.

— Je ne comprends pas. Ce n'est pas ce maniaque qui a ?…

— On n'en sait rien, dit Danglard.

— Non, non, messieurs, vous vous trompez. Ce que je gagne à la mort de ma femme, c'est du vide, de la désolation. Et puis, puisque vous vous y intéresserez à coup sûr, l'essentiel de son argent – elle en avait beaucoup –, et même cette maison, doivent aller à sa sœur. Delphie avait décidé les choses comme ça. Sa sœur a toujours été sur la corde raide.

— Il n'empêche, recommença Danglard, il nous faut votre emploi du temps. S'il vous plaît.

— Comme vous l'avez vu, la porte de l'immeuble est à interphone. Il n'y a pas de gardien. Qui pourra vous dire si j'ai menti ou non ? Enfin… Jusqu'à onze heures à peu près, j'ai organisé le programme de mes cours pour l'an prochain. Voyez, c'est là, en pile sur la table. Et je me suis couché, et j'ai lu, et j'ai dormi jusqu'à votre coup de sonnette. C'est incontrôlable.

— C'est désolant, dit Danglard.

Adamsberg le laissait mener l'entretien maintenant. Danglard était plus fort que lui pour les questions classiques et désagréables. Pendant ce temps-là, il ne quittait pas de l'œil Le Nermord, assis en face de lui.

— Je comprends, dit Le Nermord en caressant son front avec le fourneau tiède de sa pipe, avec beaucoup de détresse dans ce geste. Je comprends. Le mari trompé, humilié, le nouvel amant susceptible de m'arracher ma femme… Je comprends vos mécanismes. Mon Dieu… Mais est-ce que vous devez toujours être aussi simples ? Est-ce que vous ne pouvez pas penser autrement ? Penser plus compliqué ?

— Si, dit Danglard. Ça nous arrive. Mais c'est vrai que votre position est délicate.

— C'est vrai, reconnut Le Nermord. Mais j'espère pour moi que vous ne commettrez pas d'erreur de jugement. Je suppose donc qu'on va être appelés à se revoir ?

— Lundi ? proposa Adamsberg.

— Va pour lundi. Et je suppose aussi qu'il n'y a rien que je puisse faire pour Delphie. Elle est entre vos mains ?

— Oui, monsieur. Nous sommes désolés.

— Vous allez l'autopsier ?

— Nous sommes désolés.

Danglard laissa passer une minute. Il laissait toujours passer une minute après avoir parlé des autopsies.

— Pour l'entretien de lundi, reprit-il, réfléchissez à vos soirées du mercredi 19 juin et du jeudi 27 juin. Ce sont les nuits des deux précédents meurtres. On vous posera la question. À moins que vous ne puissiez nous répondre dès maintenant.

— Pas besoin de réfléchir, répondit Le Nermord. C'est simple et triste : je ne sors jamais. Je passe toutes mes soirées à écrire. Personne n'habite plus dans ma maison pour vous le confirmer et j'ai peu de contacts avec mes voisins.

Tout le monde se mit à hocher la tête, on ne sait pas pourquoi. Il y a des moments comme ça où tout le monde hoche la tête.

C'était fini pour cette nuit. Adamsberg, qui voyait la fatigue sur les paupières du byzantiniste, donna le mouvement de départ en se levant avec douceur.

*
* *

Danglard sortit de chez lui le lendemain avec un livre de Le Nermord sous le bras, *Idéologie et société sous Justinien*, paru onze ans plus tôt. Mais c'est tout ce qu'il avait trouvé dans sa bibliothèque. Au dos du volume, il y avait une courte biographie flatteuse, accompagnée d'une photographie de l'auteur. Le Nermord souriait, plus jeune, aussi vilain de traits, mais sans particularité, sinon des dents régulières. Hier, Danglard avait remarqué qu'il avait ce tic des fumeurs de pipe de faire taper le tuyau contre ses dents. Observation banale, aurait dit Charles Reyer.

Adamsberg n'était pas là. Il avait déjà dû se rendre chez l'amant. Danglard posa le livre sur le bureau du commissaire, conscient qu'il espérait l'impressionner par le contenu de sa bibliothèque personnelle. Et c'était vain puisqu'il savait à présent que peu de choses impressionnaient Adamsberg. Tant pis.

Danglard n'avait qu'une idée en tête ce matin: savoir ce qui s'était passé dans la maison de Mathilde au cours de la nuit. Margellon, qui tenait bien le coup pendant les gardes, l'attendait pour faire son rapport avant d'aller se coucher.

— Il y a eu des allées et venues, dit Margellon. Je suis resté en planque devant la maison jusqu'à sept heures trente ce matin comme convenu. La Dame de la mer n'est pas sortie. Elle a éteint la lumière de son salon, je suppose, vers minuit et demi, et celle de sa chambre une demi-heure plus tard. Mais la vieille

Valmont, elle est rentrée titubante à trois heures cinq. Elle puait l'alcool, c'était toute une histoire. Je lui ai demandé ce qui était arrivé et elle a chialé. Pas marrante, la vieille. Quelle plaie ! Enfin, à ce que j'ai compris, elle avait attendu un fiancé toute la soirée dans une brasserie. Le fiancé ne venait pas, elle a bu pour se fortifier, et elle s'est endormie sur la table. Le patron l'a réveillée pour la foutre dehors. Je crois qu'elle avait honte, mais elle était trop saoule pour s'empêcher de tout raconter. Je n'ai pas pu apprendre le nom de la brasserie. C'était déjà difficile de trouver un fil conducteur dans cette bouillie. Enfin elle me répugnait un peu. Je l'ai tenue par le bras jusque devant sa porte et je l'ai laissée se démerder. Et puis ce matin, elle est ressortie avec une petite valise. Elle m'a reconnu, sans marquer aucune surprise. Elle m'a expliqué qu'elle en avait « soupé des petites annonces » et qu'elle partait trois ou quatre jours dans le Berry chez une copine couturière. La couture, il n'y a rien de tel, elle a ajouté.

— Et Reyer ? Il a bougé ?

— Reyer a bougé. Il est sorti très bien habillé vers onze heures du soir, et il est rentré aussi chic qu'il était parti, en faisant cliqueter sa canne, à une heure trente du matin. Je pouvais poser des questions à Clémence, qui ne me connaissait pas, mais à Reyer, impossible. Il connaît ma voix. Je suis donc resté en planque et j'ai noté ses heures. De toute façon, ça lui aurait été difficile de me repérer, pas vrai ?

Margellon rit. C'est vrai qu'il était con.

— Appelez-le-moi au téléphone, Margellon.

— Reyer ?

— Bien sûr, Reyer.

Charles rigola en entendant la voix de Danglard, et Danglard ne comprit pas pourquoi.

— Allons, dit Charles, j'apprends par la radio que vous avez de nouveaux soucis, inspecteur Danglard. Merveilleux. Et c'est encore à moi que vous vous en prenez ? Pas d'autre idée ?

— Qu'est-ce que vous êtes parti faire hier soir, Reyer ?

— Draguer, inspecteur.

— Draguer où ?

— Au *Nouveau Palais*.

— Quelqu'un peut confirmer ?

— Personne ! Il y a trop de monde dans ces boîtes de nuit pour qu'on vous remarque, vous le savez bien.

— Qu'est-ce qui vous fait rigoler, Reyer ?

— Vous ! Votre coup de fil, ça me fait rigoler. Cette chère Mathilde, qui ne peut pas tenir sa langue, m'a confié que le commissaire lui avait conseillé de se tenir tranquille cette nuit. J'en ai déduit que vous prévoyiez du grabuge. J'ai donc trouvé l'occasion excellente pour sortir.

— Mais pourquoi, bon sang ? Vous croyez que ça me simplifie le travail ?

— Ce n'est pas mon intention, inspecteur. Vous m'emmerdez depuis le début de cette histoire. Il m'a semblé que c'était à mon tour.

— En bref, vous êtes sorti pour nous emmerder.

— À peu de chose près, oui, parce que de fille, je n'en ai récolté aucune. Je suis content de savoir que vous êtes emmerdé. Vraiment content, vous savez.

— Mais pourquoi ? redemanda Danglard.

— Mais parce que ça me fait vivre.

Danglard raccrocha, assez furieux. À part Mathilde Forestier, personne ne s'était tenu tranquille cette nuit-là dans la maison de la rue des Patriarches. Il renvoya Margellon chez lui et s'attaqua au testament de Delphine Le Nermord. Il souhaitait vérifier ce qu'elle léguait à sa sœur. Deux heures plus tard, il avait appris que de testament, il n'y en avait aucun. Delphine Le

Nermord n'avait pris aucune disposition écrite. Il y a des jours comme ça, où tout échappe.

Danglard marcha dans son bureau et pensa une fois encore que le soleil, cette foutue étoile, allait exploser dans quatre ou cinq milliards d'années, et il ne comprenait pas pourquoi cette explosion lui foutait toujours tellement le cafard. Il aurait donné sa vie pour que le soleil se tienne tranquille dans cinq milliards d'années.

Adamsberg revint vers midi et lui proposa de déjeuner avec lui. Ça n'arrivait pas souvent.

— Ça chauffe pour le byzantiniste, dit Danglard. Il s'est trompé ou il a menti à propos de la succession : il n'y a pas de testament. Ce qui fait que tout revient au mari. Il y a des titres, il y a des hectares de bois, et quatre immeubles dans Paris sans compter la maison qu'il habite. Lui n'a pas le sou. Juste son salaire de professeur et des droits d'auteur. Imaginez que sa femme ait voulu divorcer et tout filait ailleurs.

— C'était le cas, Danglard. J'ai rencontré l'amant. C'est bien le type de la photo. C'est vrai qu'il a des proportions géantes et un cerveau insignifiant. En plus il est herbivore et il en est fier.

— Végétarien, proposa Danglard.

— C'est cela, végétarien. Il dirige une agence de publicité avec son frère, également herbivore. Ils ont travaillé ensemble toute la soirée d'hier jusqu'à deux heures du matin. Le frère confirme. Donc il est sauf, à moins que le frère ne mente. Mais l'amant a l'air désespéré par la mort de Delphine. Il la poussait à divorcer, non pas que Le Nermord ait été une gêne pour lui, mais parce qu'il voulait arracher Delphine à ce qu'il appelle une tyrannie. Il paraît qu'Augustin-Louis continuait à la faire travailler pour lui, à lui faire relire et dactylographier tous ses manuscrits, à lui faire classer ses notes, et que Delphine n'osait rien dire. Elle expliquait que ça lui convenait comme ça, que ça lui faisait «travailler la tête», mais l'amant est certain que ce n'était pas aussi bénin, et qu'elle mourait de trouille devant son mari. Mais Delphine était presque enfin décidée à demander le divorce. Elle voulait au moins tenter la discussion avec Augustin-Louis. On ne sait pas si elle l'a fait ou non. Autant dire que l'antagonisme des deux hommes saute aux yeux. L'amant ne serait pas fâché de faire tomber Le Nermord.

— Tout cela peut être vrai, dit Danglard.

— Je le crois aussi.

— Le Nermord n'a pas d'alibi pour les trois nuits des meurtres. S'il a voulu se débarrasser de sa femme avant qu'elle ne se rebelle, il a pu sauter sur l'occasion que lui offrait l'homme aux cercles. Il n'est pas courageux, il nous l'a dit lui-même. Pas le genre à prendre des risques. Afin d'incriminer le maniaque, il a commis deux meurtres au hasard pour créer l'impression d'une série, et puis il a assassiné sa femme. Le tour est joué. Les flics recherchent l'homme aux cercles et lui foutent la paix. Et lui touche l'héritage.

— Le piège est gros, non? Faut vraiment prendre les flics pour des cons.

— D'une part on rencontre autant de cons chez les flics que partout ailleurs. D'autre part des esprits sommaires pourraient trouver la combine à leur goût. Je conviens que Le Nermord n'a pas l'air sommaire. Mais on peut avoir des chutes d'intelligence. Ça arrive. Surtout quand on fomente un projet passionnel. Et Delphine Le Nermord? Qu'est-ce qu'elle faisait dehors à cette heure-là?

— L'amant dit qu'elle devait rester à la maison toute la soirée. Il a été étonné de ne pas la trouver en

rentrant. Il a pensé qu'elle avait été chercher des cigarettes au tabac qui reste ouvert à Bertholet. Elle y
allait souvent quand elle était en panne. Plus tard, il
a imaginé que son mari avait dû l'appeler une fois de
plus. Il n'a pas osé téléphoner chez Le Nermord et il a
dormi. C'est moi qui l'ai réveillé ce matin.

— Le Nermord peut avoir repéré le cercle, vers
minuit disons. Il convoque ensuite sa femme et l'égorge
sur place. Je crois que Le Nermord est très mal parti.
Qu'en pensez-vous ?

Adamsberg éparpillait des miettes de pain tout
autour de son assiette. Danglard qui mangeait avec
beaucoup de soin en avait le cœur serré.

— Ce que j'en pense ? dit Adamsberg en levant la
tête. Mais rien. Moi, je pense à l'homme aux cercles.
Vous devez commencer à le savoir, Danglard.

*
* *

La garde à vue puis les interrogatoires ininterrom-
pus d'Augustin-Louis Le Nermord commencèrent le
lundi matin. Danglard ne lui avait pas caché que tout
l'accablait.

Adamsberg laissait faire Danglard, qui pilonnait
sans merci son objectif. Le vieil homme semblait
incapable de se défendre. Chacune de ses tentatives
de justification était aussitôt interceptée par le verbe
incisif de Danglard. Mais Adamsberg voyait claire-
ment que Danglard avait en même temps de la peine
pour sa victime.

Adamsberg ne ressentait rien de ce genre. Il avait
détesté d'emblée Le Nermord et il ne voulait pour rien
au monde que Danglard lui demande pourquoi. Alors
il ne disait rien.

Danglard mena son interrogatoire pendant plusieurs jours.

De temps en temps, Adamsberg entrait dans le bureau de Danglard et il regardait. Acculé, effrayé par les accusations qui pesaient sur lui, le vieil homme se délabrait à vue d'œil. Il ne savait même plus répondre aux questions les plus simples. Non, il ne savait pas que Delphie n'avait pas rédigé de testament. Il avait toujours été persuadé que tout irait à sa sœur Claire. Il aimait bien Claire, elle pataugeait seule dans la vie avec trois enfants. Non, il ne savait pas ce qu'il avait fait pendant les nuits des meurtres. Il avait dû travailler et puis dormir comme tous les soirs. Glacial, Danglard le contredisait : le soir du meurtre de Madeleine Châtelain, la pharmacienne était de garde. Elle avait vu Le Nermord sortir de chez lui. Écrasé, Le Nermord expliquait que c'était possible, qu'il sortait parfois le soir pour prendre un paquet au distributeur de cigarettes : « J'enlève le papier et je prends le tabac pour ma pipe. Delphie et moi, on a toujours beaucoup fumé. Elle, elle essayait de s'arrêter. Pas moi. Trop de solitude dans cette grande baraque. »

Et de nouveau des gestes circulaires, des effondrements, mais le reste d'un regard qui malgré tout tenait encore tête. Du professeur au Collège de France, il ne restait plus grand-chose qu'un vieux bonhomme qui avait l'air foutu et qui se démenait en dépit du bon sens pour échapper à une condamnation qui paraissait inévitable. Mille fois peut-être il avait répété : « Mais ça ne peut pas être moi. J'aimais Delphie. »

Danglard, de plus en plus chaviré, continuait à appuyer avec constance, ne lui épargnant aucun des faits qui le rendaient suspect. Il avait même laissé les journalistes s'emparer de quelques informations et en faire la une. Le vieux avait à peine réussi à toucher aux déjeuners qu'on lui apportait, malgré les encouragements de Margellon, qui savait parfois être doux. Il ne s'était plus rasé non plus, même quand il était retourné dormir chez lui après la garde à vue. Ça étonnait Adamsberg de le voir flancher aussi vite, ce vieux qui avait quand même un sacré cerveau pour se défendre. Il n'avait jamais assisté à une si rapide déstabilisation.

Jeudi, Le Nermord, affolé, tremblait réellement sur ses jambes. Le juge d'instruction avait demandé son inculpation et Danglard venait de lui annoncer cette décision. Alors Le Nermord ne dit plus rien pendant un long moment, comme l'autre nuit chez lui, semblant peser le pour et le contre. Et de la même manière, Adamsberg fit signe à Danglard de n'intervenir sous aucun prétexte.

Et puis Le Nermord dit :

— Donnez-moi une craie. Une craie bleue.

Comme personne ne bougeait, il retrouva un peu d'autorité pour ajouter :

— Dépêchez-vous. J'ai demandé une craie.

Danglard sortit et en trouva un morceau dans le tiroir de Florence. On trouvait de tout là-dedans.

Le Nermord se leva avec les précautions d'un homme affaibli et prit la craie. Debout face au mur blanc, il prit encore le temps de réfléchir quelques instants. Et puis, très vite, il écrivit en grandes lettres : *Victor, mauvais sort, que fais-tu dehors ?*

Adamsberg ne bougea pas. Il attendait cela depuis hier déjà.

— Danglard, allez chercher Meunier, dit-il. Je crois qu'il est dans les murs.

Pendant l'absence de Danglard, l'homme aux cercles tourna son visage vers Adamsberg, décidé à le fixer.

— Bonjour, lui dit Adamsberg. Je vous cherchais depuis longtemps.

Le Nermord ne répondit rien. Adamsberg regardait son visage aux traits déplaisants, qui avait retrouvé de la fermeté dans cet aveu.

Meunier, le graphologue, entra dans le bureau à la suite de Danglard. Il considéra la grande écriture qui couvrait toute la longueur du mur.

— Joli souvenir pour votre bureau, Danglard, murmura-t-il. Oui, c'est bien l'écriture. Elle n'est pas imitable.

— Merci, dit l'homme aux cercles, en rendant la craie à Danglard. J'apporterai d'autres preuves si vous en voulez. Mes carnets, les heures de mes sorties nocturnes, mon plan de Paris couvert de croix, ma liste d'objets, tout ce que vous voudrez. Je sais que j'espère trop, mais j'aimerais que cela ne se sache pas. J'aimerais que mes étudiants, que mes collègues, n'apprennent jamais qui je suis. Je suppose que c'est impossible. Enfin, ça change tout maintenant, non?

— C'est vrai, admit Danglard.

Le Nermord se leva, retrouvant quelques forces, et accepta une bière. Il marchait dans le bureau de la fenêtre à la porte, passant et repassant devant son grand graffiti.

— Je n'avais plus d'autre choix que de vous le dire. Il y avait trop de charges contre moi. Maintenant c'est différent. Si j'avais voulu tuer ma femme, vous imaginez bien que je ne l'aurais pas fait dans un de mes propres cercles, sans même prendre la peine de transformer mon écriture. J'espère qu'on est d'accord.

Il haussa les épaules.

— À présent, inutile d'espérer ce siège à l'Académie. Et inutile de préparer mes cours pour l'an prochain. Le Collège ne voudra pas de moi, et c'est normal. Mais je n'avais pas le choix. Je suppose quand même que j'ai gagné au change. C'est à vous maintenant de comprendre le reste. Qui m'a utilisé ? Depuis le premier cadavre qui fut trouvé dans un de mes cercles, j'essaie de comprendre, je me débats dans ce piège infect. J'ai eu très peur quand j'ai appris la nouvelle du premier meurtre. Je vous l'ai déjà dit, je ne suis pas plus courageux qu'un autre. Plutôt moins, pour être franc. Je me suis torturé l'esprit pour tâcher de comprendre. Qui avait fait ça ? Qui m'avait suivi ? Qui avait déposé le cadavre de cette femme dans mon cercle ? Et si j'ai continué les cercles quelques jours après, ce n'est pas, comme l'a dit la presse, pour vous provoquer. Non, loin de là. C'était dans l'espoir d'apercevoir celui qui me suivait, d'identifier l'assassin et de pouvoir me disculper. J'ai mis quelques jours avant de prendre cette décision. On hésite à se faire suivre seul la nuit par un assassin, surtout un homme aussi peureux que moi. Mais je savais que si vous me dénichiez, je n'avais aucune chance d'échapper à l'accusation de meurtre. C'est bien ce qu'avait prévu l'assassin : me faire payer à sa place. Alors, le combat était entre lui et moi. Ça a été le premier vrai combat de ma vie. En ce sens, je ne le regrette pas. La seule chose que je n'ai pas imaginée, c'est qu'il s'en prendrait à ma propre femme. Toute la nuit après votre visite, je me suis demandé pourquoi il avait fait ça. Je n'ai trouvé qu'une seule explication : la police ne m'avait toujours pas repéré, ce qui contrariait les plans de l'assassin. Alors il a fait cela, ce meurtre de ma Delphie, pour que vous remontiez jusqu'à moi, pour que vous m'arrêtiez et qu'il soit tranquille. C'est peut-être ça, non ?

— Possible, dit Adamsberg.

— Mais son erreur, c'est que n'importe lequel de vos psychiatres dira que j'ai toute ma raison. Un névrosé aurait pu en effet tuer deux fois et puis finir par s'en prendre à sa propre femme. Pas moi. Je ne suis pas fou. Et je n'aurais jamais tué Delphie dans un de mes cercles. Delphie. Sans mes foutus cercles, elle serait vivante, Delphie.

— Si vous avez toute votre raison, demanda Danglard, pourquoi faire ces foutus cercles ?

— Pour que des choses perdues m'appartiennent, me doivent de la reconnaissance. Non, je m'explique mal.

— C'est vrai, je ne comprends pas, dit Danglard.

— Tant pis, dit Le Nermord. J'essaierai de l'écrire, ce sera peut-être plus facile.

Adamsberg pensait à la description de Mathilde : « Un petit homme dépossédé et avide de pouvoir, comment va-t-il se débrouiller ? »

— Trouvez-le, reprit Le Nermord avec détresse. Trouvez cet assassin. Croyez-vous que vous saurez y arriver ? Le croyez-vous ?

— Si vous nous aidez, dit Danglard. Par exemple, avez-vous vu quelqu'un vous suivre au cours de vos sorties ?

— Je n'ai rien vu d'assez précis pour vous, malheureusement. Au début, il y a deux ou trois mois, il est arrivé qu'une femme me suive. À l'époque, c'était bien avant le premier meurtre, ça ne m'a pas soucié. Mais je la trouvais pourtant étrange, sympathique aussi. J'avais l'impression qu'elle m'encourageait, de loin. D'abord je me suis méfié d'elle, mais plus tard j'aimais voir qu'elle était là. Mais que vous dire d'elle ? Je crois qu'elle était très brune, assez grande, belle semblait-il, et plus toute jeune. Ça me serait impossible de donner plus de détails, mais c'était une femme, j'en suis persuadé.

— Oui, dit Danglard, nous la connaissons. Combien de fois l'avez-vous vue ?

— Plus d'une dizaine de fois.

— Et depuis le premier meurtre ?

Le Nermord hésita, comme répugnant à évoquer ce souvenir.

— Oui, dit-il, deux fois j'ai vu quelqu'un, mais ce n'était plus la femme brune. C'était quelqu'un d'autre. Comme j'avais peur, je me retournais à peine et je filais sitôt mon cercle fait. Je n'avais pas le courage d'aller jusqu'au bout de mon projet, c'est-à-dire de me retourner et de lui courir après pour voir son visage. C'était… une silhouette petite. Un être bizarre, inqualifiable, ni homme ni femme. Vous voyez, je ne sais rien.

— Pourquoi aviez-vous toujours une sacoche sur vous ? intervint Adamsberg.

— Ma sacoche, dit Le Nermord, avec mes papiers. Après mes cercles, je filais aussi vite que possible en métro. Et j'étais si nerveux que j'avais besoin de lire, de me replonger dans mes notes, de me retrouver professeur. Je ne sais pas comment m'expliquer mieux. Qu'est-ce que vous allez faire avec moi maintenant ?

— Il est probable que vous serez libre, dit Adamsberg. Le juge d'instruction ne risquera pas une erreur judiciaire.

— Évidemment, dit Danglard. Tout est changé à présent.

Le Nermord allait mieux. Il demanda une cigarette et la vida dans sa pipe.

— C'est une simple formalité, mais je souhaiterais malgré tout visiter votre domicile, dit Adamsberg.

Danglard qui n'avait jamais vu Adamsberg prendre du temps à exécuter les simples formalités le regarda sans comprendre.

— Faites comme vous voulez, dit Le Nermord. Mais vous cherchez quoi ? Je vous ai dit que j'apporterais toutes les preuves.

— Je le sais bien. Je vous fais confiance. Mais je ne cherche pas quelque chose de palpable. En attendant, il faudrait que vous repreniez tout ça avec Danglard, pour votre déposition.

— Soyez honnête, commissaire. En tant qu'« homme aux cercles », je risque quoi ?

— À mon avis pas grand-chose, dit Adamsberg. Il n'y a pas eu tapage nocturne ni atteinte à la tranquillité publique au sens strict du terme. Que vous ayez suscité chez un autre l'idée du meurtre ne vous regarde pas. On n'est pas toujours responsable des idées qu'on donne aux autres. Votre manie a causé trois morts, mais ce n'est pas de votre faute.

— Je ne l'aurais pas imaginé. Je suis désolé, murmura Le Nermord.

Adamsberg sortit sans dire un mot et Danglard lui en voulut de ne pas avoir donné à l'homme un peu plus d'humanité. Il avait pourtant vu le commissaire déployer ses registres de séduction pour s'aliéner la sympathie d'inconnus et même d'imbéciles. Et aujourd'hui, il n'avait pas cédé la moindre miette d'humanité pour le vieux.

*

* *

Le lendemain matin, Adamsberg demanda à voir Le Nermord encore une fois. Danglard était renfrogné. Il n'aurait plus voulu qu'on touche au vieux. Et Adamsberg choisissait la dernière minute pour le convoquer, alors qu'il n'était qu'à peine intervenu pendant les jours précédents.

Le Nermord fut donc à nouveau appelé. Il entra timidement dans le commissariat, un peu vacillant encore, et pâle. Danglard l'observait.

— Il a changé, souffla-t-il à Adamsberg.

— Je n'en sais rien, répondit Adamsberg.

Le Nermord s'assit sur le bout des fesses et demanda à fumer sa pipe.

— J'ai réfléchi cette nuit, dit-il en fouillant ses poches à la recherche d'allumettes. Toute la nuit même. Et maintenant je m'en fiche que tout le monde sache la vérité sur moi. J'accepte tel qu'il est mon lamentable personnage d'homme aux cercles, comme m'appelle la presse. Au début, quand j'ai commencé, j'avais l'impression de détenir avec ça un grand pouvoir. En réalité, je suppose que j'étais vaniteux et grotesque. Et puis tout s'est gâté. Il y a eu ces deux meurtres. Et ma Delphie. À quoi bon espérer me cacher tout ça ? À quoi bon essayer en le dissimulant aux autres de rafistoler un avenir que j'ai de toute façon gâché, massacré ? Non. J'ai été l'homme aux cercles. Tant pis pour moi. À cause de ça, à cause de mes «frustrations», puisque c'est le mot de Vercors-Laury, il y a eu trois morts. Et Delphie.

Il posa sa tête dans ses mains, et Danglard et Adamsberg attendirent en silence, sans se regarder. Et puis le vieux Le Nermord se frotta les yeux d'un coup de manche de son imperméable, comme un vagabond, comme s'il abandonnait tout le prestige qu'il avait mis des années à constituer.

— Donc, inutile que je vous supplie de mentir à la presse, reprit-il avec effort. J'ai l'impression qu'il vaut mieux que j'essaie d'avaler ce que je suis et ce que j'ai fait, plutôt que de brandir cette satanée sacoche de professeur pour m'abriter. Mais comme je suis lâche tout de même, je préfère quitter Paris, maintenant que tout va se savoir. Vous comprenez, je croise trop de visages connus dans les rues. Si vous m'en donniez l'autorisation, j'aimerais m'exiler dans ma campagne. J'ai horreur de la campagne. J'avais acheté la maison pour Delphie. Elle me servira de refuge.

Le Nermord guetta leur réponse, caressant sa joue avec le fourneau de sa pipe, l'expression inquiète et malheureuse.

— Vous en avez tout à fait le droit, dit Adamsberg. Laissez-moi votre adresse, c'est tout ce que je vous demanderai.

— Merci. Je pense pouvoir m'y installer dans une quinzaine de jours. Je brade tout. Byzance, c'est terminé.

Adamsberg laissa passer un nouveau silence avant de demander :

— Vous n'avez pas de diabète, je crois ?

— C'est une drôle de question, commissaire. Non, je n'ai pas de diabète. Est-ce que c'est... important pour vous ?

— Assez. Je vais vous ennuyer une dernière fois, mais pour une bêtise. Mais cette bêtise cherche vainement son explication et j'espère que vous allez m'aider. Tous les témoins qui vous ont aperçu ont parlé d'une odeur dans votre sillage. Odeur de pomme pourrie pour les uns, de vinaigre ou de liqueur pour les autres. J'ai d'abord cru que vous souffriez de diabète, ce qui donne aux malades, vous le savez peut-être, une légère odeur de fermentation. Mais ce n'est pas votre cas. Pour moi, vous ne sentez que le tabac blond. Alors j'ai pensé que cette odeur venait sans doute de vos habits, ou d'un placard à habits. Je me suis permis hier, chez vous, de respirer toutes les penderies, les armoires, les coffres, les commodes, et tous les vêtements. Rien. Odeurs de vieux bois, odeurs de teinturerie, odeurs de pipes, de livres, de craie même, mais rien d'acide, rien de fermenté. Je suis déçu.

— Qu'est-ce que je dois vous dire ? demanda Le Nermord, un peu ahuri. Quelle est votre question au juste ?

— Comment l'expliquez-vous, vous ?

— Mais je ne sais pas! Je ne me suis jamais rendu compte de cette odeur. C'est même assez humiliant d'apprendre ça.

— J'ai peut-être une explication. C'est que l'odeur vient d'ailleurs, d'un placard qui se trouve ailleurs que chez vous, et où vous entreposiez vos habits d'homme aux cercles.

— Mes habits d'homme aux cercles? Mais je n'avais pas de tenue spéciale! Je n'ai pas poussé le ridicule jusqu'à me faire un costume de circonstance! Mais non, commissaire. D'ailleurs, vos témoins ont dû aussi vous dire que j'étais habillé de manière ordinaire, comme aujourd'hui. Je porte à peu près toujours les mêmes habits: un pantalon de flanelle, une chemise blanche, une veste à chevrons, et un imperméable. Je ne m'habille presque jamais autrement. Quel intérêt aurais-je eu, en sortant de chez moi en veste à chevrons, à me rendre «ailleurs» pour enfiler une autre veste à chevrons, et sentant mauvais en plus?

— C'est ce que je me demande.

Le Nermord avait à nouveau une expression pitoyable et Danglard en voulut une fois de plus à Adamsberg. Tout compte fait, le commissaire n'était pas si mauvais que ça pour la torture.

— J'aimerais vous aider, chevrota presque Le Nermord, mais là, vous m'en demandez trop. Je suis incapable de comprendre cette histoire d'odeur et pourquoi c'est intéressant.

— Si ça se trouve, ce n'est pas intéressant.

— C'est possible après tout que dans la fièvre de l'action, car ces cercles me donnaient beaucoup d'émotion, j'aie pu émettre une sorte «d'odeur de peur». C'est possible après tout. Il paraît que ça existe. Quand je me retrouvais ensuite dans le métro, j'étais trempé de sueur.

— Ce n'est pas grave, dit Adamsberg en griffonnant à même la table, oubliez ça. Il m'arrive d'avoir des idées fixes et saugrenues. Je vais vous laisser aller, monsieur Le Nermord. J'espère que vous trouverez de la paix dans votre campagne. Des fois, on en trouve.

De la paix à la campagne ! Agacé, Danglard expira avec bruit. Tout l'agaçait de toute façon ce matin chez le commissaire, ses méandres dénués de sens, ses interrogations inutiles, ses banalités enfin. Il eut envie dès maintenant d'un coup de vin blanc. Trop tôt. Beaucoup trop tôt, retiens-toi, bon Dieu.

Le Nermord leur fit un tragique sourire et Danglard essaya de lui donner du réconfort en lui serrant très fort la main. Mais la main de Le Nermord resta inconsistante. Il est perdu, pensa Danglard.

Adamsberg se leva pour regarder Le Nermord s'éloigner dans le couloir, avec sa sacoche noire, le dos peu droit, plus maigre que jamais.

— Pauvre type, dit Danglard, il est foutu.

— J'aurais préféré qu'il ait du diabète, dit Adamsberg.

*
* *

Adamsberg passa la fin de la matinée à lire *Idéologie et société sous Justinien*. Danglard, presque aussi épuisé que sa victime par sa joute avec l'homme aux cercles, aurait voulu qu'Adamsberg cesse enfin d'y penser et reprenne l'enquête d'une autre manière. Il se sentait si saturé d'Augustin-Louis Le Nermord que pour rien au monde il n'aurait pu lire une ligne de lui. Il aurait eu l'impression à chaque mot de voir se pencher vers lui les traits confus et le regard fixe et bleu sale du byzantiniste, venant lui reprocher son acharnement.

Danglard vint le retrouver vers une heure. Adamsberg était toujours dans sa lecture. Il se rappela que le commissaire avait expliqué qu'il lisait tous les mots les uns après les autres. Adamsberg ne leva pas la tête mais il entendit Danglard entrer.

— Vous vous rappelez la revue de mode qui se trouvait dans le sac de Mme Le Nermord, Danglard ?

— Celle que vous avez feuilletée dans le camion ? Elle doit être encore au labo.

Adamsberg appela et demanda qu'on lui descende la revue si on en avait terminé avec.

— Qu'est-ce qui vous chiffonne ? lui demanda Danglard.

— Je ne sais pas. Il y a au moins trois choses qui me chiffonnent, l'odeur de pomme pourrie, le bon docteur Gérard Pontieux, et cette revue de mode.

Adamsberg rappela Danglard un peu plus tard. Il tenait une petite feuille à la main.

— Ce sont des horaires de train, dit Adamsberg. Il y en a un qui part dans cinquante-cinq minutes pour Marcilly, le pays natal du bon docteur Pontieux.

— Mais qu'est-ce que vous lui voulez au docteur ?

— Je lui en veux qu'il soit un homme.

— Encore cette histoire ?

— Je vous l'ai dit, Danglard, je suis lent. Est-ce que vous pensez pouvoir prendre ce train ?

— Aujourd'hui ?

— S'il vous plaît. Je veux tout savoir sur le bon docteur. Vous trouverez là-bas des gens qui l'ont connu jeune avant qu'il ne parte monter son cabinet à Paris. Interrogez-les. Je veux savoir. Tout. Quelque chose nous a échappé.

— Mais comment voulez-vous que j'interroge les gens sans avoir la moindre idée de ce que vous cherchez ?

Adamsberg secoua la tête.

— Allez-y, et posez toutes les questions du monde. Je vous fais confiance. Et n'oubliez pas de m'appeler.

Adamsberg salua Danglard, et l'air profondément ailleurs, il descendit chercher n'importe quoi à manger. Il mastiqua son déjeuner froid sur le chemin de la Bibliothèque nationale.

À l'entrée de la bibliothèque, son vieux pantalon de toile noir et sa chemise relevée jusqu'aux coudes ne produisirent pas bonne impression. Il montra sa carte et dit qu'il voulait consulter l'intégralité de l'œuvre d'Augustin-Louis Le Nermord.

*
* *

Danglard arriva à 18 h 10 en gare de Marcilly. L'heure du vin blanc qui commence dans les bistrots. Il y avait six cafés dans Marcilly, il les fit tous, et il rencontra pas mal de vieux qui pouvaient parler de Gérard Pontieux. Mais ce qu'ils racontaient n'avait aucun intérêt pour Danglard. Il s'ennuyait à parcourir la vie du jeune Gérard, vu qu'il n'y avait pas eu un accroc notable. Il aurait semblé plus pertinent à Danglard d'enquêter sur sa carrière de médecin. On ne sait jamais, une euthanasie, une erreur de diagnostic... Il peut survenir des tas de choses. Mais ce n'est pas ce qu'avait demandé Adamsberg. Le commissaire l'avait envoyé ici, où personne n'était au courant de ce qu'avait fait Pontieux après ses vingt-quatre ans.

Vers dix heures du soir, il traînait seul dans Marcilly, raide de vin local et n'ayant rien appris. Il ne voulait pas revenir à Paris les mains aussi vides. Il voulait essayer encore, mais ça ne l'enchantait pas d'être obligé de passer la nuit là. Il appela les mômes pour les embrasser. Puis il se rendit à l'adresse donnée par le dernier cafetier, où il devait trouver une chambre chez l'habitant. L'habitant était une vieille dame qui lui servit un nouveau verre de vin local. Danglard eut envie de confier tous ses ennuis à ce vieux et très vif regard.

*
* *

Sans rien en dire à personne, Mathilde s'était fait du sang noir toute la semaine. D'abord, ça ne lui avait pas plu d'entendre Charles rentrer à une heure et demie du matin et d'apprendre au réveil le nouvel assassinat d'une femme. Et pour ne rien arranger, Charles avait ricané toute la soirée du lendemain, mauvais comme une teigne. Excédée, elle l'avait foutu dehors en lui disant de revenir la voir quand il serait calmé. Ça l'inquiétait, ce n'était pas la peine d'essayer de se le dissimuler. Quant à Clémence, elle était revenue en plein milieu de la même nuit, en larmes. Complètement délabrée. Mathilde avait passé une heure sans gloire à tenter d'arranger ça. Et puis, à bout de nerfs, Clémence avait convenu qu'il fallait qu'elle change un peu d'air, qu'elle fasse une pause dans les annonces. C'était trop dur, les annonces. Mathilde avait approuvé tout de suite et l'avait envoyée à l'Épinoche faire sa valise et se reposer avant de partir. Elle s'en voulait, parce qu'en entendant s'en aller Clémence le matin, qui tâchait de ne pas la réveiller en marchant avec précaution dans l'escalier, elle avait pensé : Je suis débarrassée pour quatre jours. Clémence avait promis d'être revenue à l'Épinoche le mercredi pour achever le classement qu'elle avait commencé. Elle pressentait sans doute que sa copine couturière ne souhaiterait pas la garder avec elle trop longtemps. Elle était assez lucide, la vieille Clémence. Quel âge, au fait, pouvait-elle avoir ? se demanda Mathilde. Soixante, soixante-dix, plus peut-être. Mais ces yeux sombres et rouges sur les bords, ces dents pointues, ça faussait toutes les approximations.

Au cours de la semaine, Charles avait continué à arborer de sales expressions sur son beau visage, et Clémence n'était pas revenue comme elle l'avait promis. Les diapositives en cours de classement traînaient sur la table. C'est Charles le premier qui dit que c'était inquiétant, mais que ce ne serait pas une mauvaise chose si la vieille avait suivi n'importe quel homme dans un train et s'était fait trucider. Mathilde en fit un court cauchemar. Et vendredi soir, ne voyant toujours pas revenir la musaraigne, elle s'était presque décidée à chercher et appeler la couturière.

Et puis Clémence rappliqua. « Merde », dit Charles, qui s'était installé sur le canapé de Mathilde en effleurant du bout des doigts un livre en braille. Mathilde fut tout de même soulagée. Mais en les regardant tous les deux envahir sa pièce, lui, magnifique et étalé sur son divan, sa canne blanche posée sur le tapis, elle, se défaisant de son manteau nylon tout en tenant son béret sur la tête, Mathilde se dit que quelque chose ne tournait pas rond dans sa maison.

*
* *

Adamsberg vit Danglard débarquer dans son bureau à neuf heures du matin, un doigt pressé sur le front, mais dans un réel état d'excitation. Il laissa tomber son grand corps dans le fauteuil et respira à longs coups.

— Excusez-moi, dit-il, je souffle, j'ai couru pour venir. J'ai pris le premier train à Marcilly, ce matin.

Impossible de vous joindre, vous ne dormiez pas chez vous.

Adamsberg écarta les mains comme pour dire : « Qu'est-ce que vous voulez que j'y fasse, on ne choisit pas toujours les lits où on se retrouve. »

— La géniale vieille dame chez qui j'ai logé, dit Danglard entre deux halètements, avait bien connu votre bon docteur. Si bien connu qu'il lui faisait des confidences. Ça ne m'étonne pas, une femme vraiment subtile. Gérard Pontieux s'était engagé, comme elle dit, auprès d'une fille de pharmaciens plutôt moche et plutôt riche. Il avait besoin de fric pour monter son cabinet. Et puis à la dernière minute, il s'est dégoûté lui-même. Il s'est dit que s'il commençait comme ça, dans la turpitude, ce n'était pas la peine d'espérer faire une juste carrière de médecin. Alors il a reculé et il a laissé tomber la fille le lendemain de ses fiançailles, en lui adressant lâchement une petite lettre. Bref, pas bien grave, n'est-ce pas ? Pas bien grave, sauf le nom de la fille.

— Clémence Valmont, dit Adamsberg.

— Exact, dit Danglard.

— Accompagnez-moi là-bas, dit Adamsberg en écrasant sa cigarette à peine fumée dans le cendrier.

Ils furent devant la porte du 44 rue des Patriarches vingt minutes plus tard. C'était samedi et il n'y avait aucun bruit. Personne ne répondit à l'interphone chez Clémence.

— Essayez chez Mathilde Forestier, dit Adamsberg, pour une fois presque tendu d'impatience.

« Jean-Baptiste Adamsberg, dit-il à l'interphone. Ouvrez-moi, madame Forestier. Grouillez-vous.

Il courut jusqu'au Grondin volant, au deuxième étage, et Mathilde leur ouvrit la porte.

— Il me faut une clef d'au-dessus, madame Forestier. Une clef de chez Clémence. En avez-vous un double?

Mathilde partit sans poser de question chercher un trousseau portant l'étiquette « Épinoche ».

— Je vous accompagne, dit-elle, la voix plus rauque encore le matin que dans la journée. Je me fais du sang noir, Adamsberg.

Ils entrèrent tous les trois chez Clémence. Il n'y avait plus rien. Ni trace de vie, ni vêtement au portemanteau, ni papiers sur les tables.

— Ordure, elle a filé, dit Danglard.

Adamsberg marcha dans la pièce, plus lentement que jamais, regardant ses pieds, puis ouvrant un placard vide, un tiroir, marchant à nouveau. « Il ne pense à rien », se dit Danglard, exaspéré, surtout exaspéré de leur échec. Il aurait voulu qu'Adamsberg explose de colère, agisse et réagisse, s'agite, donne des ordres et rattrape ce gâchis d'une manière ou d'une autre, mais ce n'était pas la peine d'espérer qu'il fasse quoi que ce soit de ce genre. Au contraire, il accepta avec un beau sourire le café que leur proposa Mathilde, effarée.

Adamsberg appela le commissariat de chez elle et détailla Clémence Valmont aussi précisément que possible.

— Donnez ce signalement à toutes les gares, les aéroports, les postes-frontières, et toutes les gendarmeries. Enfin, organisez la traque habituelle. Et envoyez un homme de garde ici. L'appartement doit rester surveillé.

Il raccrocha sans bruit et but son café comme si rien de grave n'était arrivé.

— Il faut vous réconforter. Vous n'avez pas l'air bien, dit-il à Mathilde. Danglard, essayez d'expliquer tout ce qui se passe à Mme Forestier, en la ménageant. Excusez-moi de ne pas le faire moi-même. Je trouve que je m'explique mal.

— Vous avez lu dans les journaux que Le Nermord a été disculpé des meurtres, et qu'il était l'homme aux cercles ? commença Danglard.

— Parfaitement, dit Mathilde, j'ai même vu sa photo. C'est bien l'homme que j'ai suivi, et c'est bien l'homme qui mangeait dans ce petit restaurant de Pigalle, il y a huit ans. Inoffensif ! Je me suis usée à le répéter à Adamsberg ! Humilié, frustré, tout ce que vous voudrez, mais inoffensif ! Je l'avais dit, commissaire !

— Oui, vous l'avez dit. Et moi pas, dit Adamsberg.

— Exactement, appuya Mathilde. Mais la musaraigne, où est-elle passée ? Pourquoi la cherchez-vous ? Elle est revenue hier soir de la campagne, retapée, pimpante. Je ne comprends pas pourquoi elle a à nouveau foutu le camp.

— Elle vous a déjà parlé de ce fiancé qui l'avait lâchée sans crier gare ?

— Plus ou moins, dit Mathilde. Ça ne l'avait pas marquée autant qu'on aurait pu le croire. Vous n'allez pas vous lancer dans ce genre de psychanalyse à la noix, tout de même ?

— Obligatoire, dit Danglard. Gérard Pontieux, la deuxième victime, c'était lui. C'était son fiancé il y a cinquante ans.

— Vous déraillez, dit Mathilde.

— Non, j'en viens, dit Danglard, de leur bled natal à tous les deux. Elle n'est pas de Neuilly, Mathilde.

Adamsberg nota au passage que Danglard appelait Mme Forestier « Mathilde ».

— La rage et la folie ont fait du chemin en cinquante ans, poursuivit Danglard. Parvenue au terme d'une vie qu'elle jugeait ratée, elle a finalement basculé du côté de l'envie du meurtre. L'occasion, ce fut l'homme aux cercles. C'était le moment ou jamais de réaliser son projet. Elle n'avait jamais perdu la trace de Gérard Pontieux, l'objet de toutes ses hantises. Elle savait où il habitait. Elle a quitté Neuilly, et pour trouver l'homme aux cercles, elle s'est adressée à vous, Mathilde. Vous seule pouviez la conduire à lui. Et aux cercles. Elle a d'abord assassiné cette grosse femme qu'elle ne connaissait pas, pour amorcer une « série ». Puis elle a égorgé Pontieux. Ça lui a fait tellement de bien qu'elle s'est acharnée sur lui. Enfin, craignant que l'enquête ne découvre pas assez vite l'homme aux cercles et qu'elle ne s'attarde sur le cas du docteur, elle a saigné la propre femme de l'homme aux cercles, Delphine Le Nermord. Cohérence oblige, elle l'a tailladée autant que Pontieux, pour qu'aucune différence ne signale le docteur à notre attention. À part que c'était un homme.

Danglard jeta un regard à Adamsberg qui ne disait rien, et qui lui fit signe avec les yeux de continuer.

— Son dernier meurtre nous a menés droit à l'homme aux cercles, comme elle l'avait prévu. Mais Clémence Valmont a l'esprit à la fois tortueux et simple. Être l'homme aux cercles en même temps que l'assassin de sa femme, c'était trop justement. C'était impossible, à moins d'être un dément. Le Nermord a été libéré. Elle l'a appris ce soir par la radio. Le Nermord disculpé, tout pouvait changer. Son plan idéal se cassait la gueule. Elle avait encore le temps de filer. Elle l'a fait.

Atterré, le regard de Mathilde allait de l'un à l'autre. Adamsberg la laissait prendre conscience. Il savait que ça pouvait prendre un certain temps, qu'elle allait se débattre.

— Mais non, dit Mathilde, elle n'aurait jamais eu la force physique ! Vous vous souvenez quand même du maigre bout de femme qu'elle est ?

— Il y a mille façons de contourner l'obstacle, dit Danglard. On peut faire la malade sur un trottoir, attendre qu'un passant inquiet se penche sur vous, et l'assommer. Toutes les victimes ont d'abord été assommées, rappelez-vous, Mathilde.

— Oui, je me rappelle, dit Mathilde, relevant vingt fois ses cheveux noirs qui tombaient en mèches raides sur son front. Et pour le docteur, comment a-t-elle pu s'y prendre ?

— Très simplement. Elle l'a fait venir à l'endroit souhaité.

— Pourquoi est-il venu ?

— Voyons ! Une amie de jeunesse qui vous appelle, qui a besoin de vous ! On oublie tout, on y court.

— Bien sûr, dit Mathilde. Vous devez avoir raison.

— Et les nuits des meurtres, était-elle là ? Vous en souvenez-vous ?

— À vrai dire, elle disparaissait presque tous les soirs, pour des rendez-vous, disait-elle, comme l'autre nuit. Elle m'a joué une foutue sacrée comédie ! Pourquoi ne dites-vous rien, commissaire ?

— J'essaie de réfléchir.

— Et ça donne quoi ?

— Rien. Mais je suis habitué.

Mathilde et Danglard échangèrent un regard. Un peu désolés. Mais Danglard n'était pas d'humeur à critiquer Adamsberg. Clémence avait disparu, certes. Mais tout de même, Adamsberg avait su comprendre, et avait su l'envoyer à Marcilly.

Adamsberg se leva sans prévenir, eut un geste inutile et nonchalant, remercia Mathilde pour le café et demanda à Danglard d'envoyer le labo dans l'appartement de Clémence Valmont.

— Je vais marcher, ajouta-t-il, pour ne pas partir sans rien dire, pour leur donner une explication, pour ne pas les blesser.

Danglard et Mathilde restèrent encore longtemps ensemble. Ils ne pouvaient plus s'arrêter de parler de

Clémence, d'essayer de comprendre. Le fiancé parti, l'enchaînement dévastateur des petites annonces, la névrose, les dents pointues, les sales impressions, les ambiguïtés. De temps en temps, Danglard montait voir où en étaient les types du labo, et il redescendait en disant : « Ils en sont à la salle de bains. » Mathilde reversait du café rallongé avec de l'eau tiède. Danglard était bien. Il serait volontiers resté là toute sa vie, accoudé à la table où nageaient les poissons, sous l'éclairage du visage brun de la Reine Mathilde. Elle parla d'Adamsberg, elle demanda comment il avait fait pour comprendre.

— Je n'en ai aucune idée, dit Danglard. Pourtant je l'ai vu faire, ou parfois ne rien faire. Parfois insouciant et superficiel comme s'il n'avait jamais été flic de sa vie, parfois le visage tordu, serré, préoccupé au point de ne plus rien entendre autour de lui. Mais préoccupé par quoi ? C'est la question.

— Il n'a pas l'air satisfait, dit Mathilde.

— C'est vrai. C'est parce que Clémence a filé.

— Non, Danglard. C'est autre chose qui tracasse Adamsberg.

Leclerc, un type du labo, entrait dans la pièce.

— C'est à propos des empreintes, inspecteur. Il n'y en a aucune. Elle a tout essuyé, ou bien elle portait des gants tout le temps. Jamais vu ça. Mais il y a la salle de bains. J'ai trouvé une goutte de sang séché sur le mur, derrière le tuyau du lavabo.

Danglard remonta rapidement derrière lui.

— Elle a dû laver quelque chose, dit-il en se relevant. Les gants peut-être, avant de les jeter. On ne les a pas retrouvés près de Delphine. Faites analyser ça d'urgence, Leclerc. Si c'est le sang de Mme Le Nermord, elle est cuite, Clémence.

L'analyse le confirma quelques heures plus tard, le sang était celui de Delphine Le Nermord. La chasse à Clémence commença.

À cette nouvelle, Adamsberg resta morne. Danglard repensa aux trois choses qui chiffonnaient le commissaire. Le Dr Pontieux. Mais il avait réglé ça. Restait la revue de mode. Et la pomme pourrie. Il se faisait certainement du souci avec la pomme pourrie. Qu'est-ce que ça pouvait bien foutre à présent? Danglard pensa qu'Adamsberg avait une façon différente de la sienne de se gâcher l'existence. Il lui semblait qu'en dépit de ses comportements nonchalants, Adamsberg avait une manière efficace de ne jamais trouver le repos.

*
* *

La porte entre le bureau du commissaire et le sien restait la plupart du temps ouverte. Adamsberg n'avait pas besoin de s'isoler pour être seul. Ce qui fait que Danglard allait et venait, déposait des dossiers, lui lisait une note, repartait, ou bien s'asseyait pour parler un moment. Il arrivait alors, encore plus souvent depuis la fuite de Clémence, qu'Adamsberg ne soit réceptif à rien et qu'il continue sa lecture sans lever les yeux vers lui, mais sans que cette inattention soit blessante puisqu'elle n'était pas volontaire. D'ailleurs, jugeait Danglard, c'était plus de l'absentéisme que de l'inattention. Car attentif, Adamsberg l'était. Mais à quoi? Il avait d'ailleurs une curieuse manière de lire, généralement debout, les bras serrés sur le torse, et le regard penché vers les notes étalées sur sa table. Il pouvait rester ainsi debout pendant des heures. Danglard, qui se sentait chaque jour le corps fatigué et les jambes peu portantes, se demandait comment il pouvait tenir ainsi.

avait racheté des caramels. Adamsberg fermait un œil pour enfiler du fil noir dans le chas d'une aiguille.

— Qu'est-ce qui se passe ? dit Danglard. C'est couture ?

— C'est mon ourlet qui se défait.

Adamsberg s'assit sur une chaise, croisa une jambe et commença à réparer le bas de son pantalon. Danglard le regardait faire, décontenancé, mais calme. C'est calmant de regarder quelqu'un faire de la couture à petits points comme si le reste du monde avait cessé d'exister.

— Vous allez voir, Danglard, dit Adamsberg, comment je fais bien les ourlets. Des points minuscules. On ne voit presque rien. C'est ma petite sœur qui me l'a appris, un jour où on savait pas quoi faire de notre corps, comme disait mon père.

— Moi, ça ne va pas, dit Danglard. D'une part je ne réussis pas très bien les ourlets des pantalons des enfants. D'autre part la tueuse me hante. Sale vieille tueuse. Elle va m'échapper maintenant, c'est certain. Ça me rend dingue. Honnêtement, ça me rend dingue.

Il se leva pour prendre une bière dans l'armoire.

— Non, dit Adamsberg, la tête penchée sur son ourlet.

— Non, quoi ?

— Non, la bière.

À présent, le commissaire cassait le fil avec ses dents, en ayant tout à fait oublié qu'il avait les ciseaux de Florence.

— Et les ciseaux ? demanda Danglard. Merde, je vais chercher les ciseaux pour couper le fil proprement, et voilà ce que vous faites. Et ma bière ? Qu'est-ce qui va pas tout d'un coup avec cette bière ?

— Il y a que vous allez peut-être en boire dix et que ce n'est pas possible aujourd'hui.

— J'avais cru que vous ne vous mêleriez pas de ça. C'est mon corps, ma responsabilité, mon ventre, ma bière.

— C'est entendu. Mais c'est votre enquête et vous êtes mon inspecteur. Et demain, on part à la campagne. Des retrouvailles, j'espère. Alors j'ai besoin de vous, de vous clair. L'estomac clair aussi. Très important, l'estomac. On n'est pas certain qu'un bon estomac suffise à bien penser. Mais on est certain qu'un mauvais estomac suffit à vous détruire les idées.

Danglard observa le visage contracté d'Adamsberg. Impossible de savoir si c'était à cause du nœud qui venait de se faire sur le fil, ou à cause de cette partie de campagne.

— Merde, dit Adamsberg. Le fil a fait un nœud. Ça, c'est détestable. Il paraît que la règle d'or, c'est de toujours prendre le fil dans le sens de la bobine. Sinon, on a des nœuds. Vous voyez ce que je veux dire ? J'ai dû le mettre à contresens sans y prendre garde. Et maintenant j'ai un nœud.

— À mon avis, c'est l'aiguillée qui était trop longue, proposa Danglard.

C'est calmant, la couture.

— Non, Danglard. J'avais fait une bonne aiguillée, pas plus longue que de ma main au coude. Demain, à huit heures, il me faut un fourgon, huit hommes, et des chiens. Il faudra que le médecin soit aussi du voyage.

Il piqua l'aiguille plusieurs fois pour faire le nœud, cassa le fil, et lissa son pantalon. Et il sortit sans attendre de savoir si Danglard mettrait sa tête et son estomac au clair. Danglard, sur le coup, n'en savait rien non plus.

*
* *

Charles Reyer rentrait chez lui. Il se trouvait détendu, et il en profitait, puisqu'il savait que ça ne durerait pas très longtemps. Ses conversations avec Adamsberg lui avaient procuré de l'apaisement, il ne savait pas pourquoi. Tout ce qu'il constatait, c'était que depuis deux jours il n'avait proposé d'aide à personne pour traverser la rue.

Il avait même pu sans effort particulier être sincère avec le commissaire au sujet de Clémence, au sujet de Mathilde, et de quantité d'autres choses dont il avait parlé en prenant tout son temps. Adamsberg avait raconté des trucs aussi. Des trucs à lui. Pas toujours clairs. Des trucs légers et des trucs lourds, sans qu'il soit certain que les trucs légers n'aient pas été justement les trucs lourds. Avec lui, c'était difficile de savoir. Sagesse des enfants, philosophie des vieux. Il l'avait dit à Mathilde au restaurant. Il ne s'était pas trompé sur ce qui voyageait sur la voix douce du commissaire. Et puis ça avait été au tour du commissaire de lui demander ce qui voyageait derrière ses yeux noirs. Il l'avait dit et Adamsberg l'avait écouté. Tous ses bruissements d'aveugle, toutes ses perceptions douloureuses dans l'obscurité, toute sa visibilité dans le noir. Quand il s'interrompait, Adamsberg lui disait : « Continuez, Reyer. Je vous écoute avec intensité. » Charles s'imagina que s'il avait été une femme, il aurait pu aimer Adamsberg tout en se désespérant de le trouver insaisissable. Mais c'était le genre de type qu'il fallait sans doute mieux ne pas approcher. Ou bien il fallait apprendre en même temps à ne pas se désespérer de ne pas saisir. Oui, quelque chose comme cela.

Mais Charles était un homme, et il y tenait. En plus, Adamsberg lui avait confirmé qu'il était beau. Alors Charles pensa que puisqu'il était un homme, il aurait bien aimé aimer Mathilde.

Puisqu'il était un homme.

Mais est-ce que Mathilde ne cherchait pas à aller se dissoudre au fond de l'eau ? Est-ce qu'elle ne cherchait pas à ne plus rien entendre des déchirures terrestres ? Qu'est-ce qui était arrivé à Mathilde ? Personne ne le savait. Pourquoi Mathilde aimait-elle cette saloperie d'eau ? Saisir Mathilde ? Charles redoutait qu'elle ne s'enfuie comme une sirène.

Il ne s'arrêta pas chez lui et monta directement au Grondin volant. Il tâtonna à la recherche du bouton de sonnette et appuya deux coups de suite.

— Il t'arrive quelque chose ? demanda Mathilde en ouvrant la porte. Ou bien tu as du neuf sur la musaraigne ?

— Je devrais ?

— Tu as vu Adamsberg plusieurs fois, non ? Je l'ai appelé tout à l'heure. Il paraît qu'il aura des nouvelles de Clémence demain.

— Pourquoi Clémence t'intéresse-t-elle à ce point ?

— C'est moi qui l'ai trouvée. C'est ma musaraigne.

— Non, c'est elle qui t'a trouvée. Pourquoi tu as pleuré, Mathilde ?

— Moi, j'ai pleuré ? Oui, un peu. Comment peux-tu savoir ça ?

— Ta voix est un peu humide. Ça s'entend très bien.

— Ne te fais pas de souci. C'est quelqu'un que j'adore qui s'en va demain. Ça fait forcément pleurer sur le coup.

— Est-ce que je peux connaître ton visage ? demanda Charles en tendant ses mains.

— Comment comptes-tu t'y prendre ?

— Comme ça. Tu vas voir.

Charles étendit les doigts jusqu'au visage de Mathilde et les promena comme un pianiste sur un clavier. Il était très concentré. En réalité, il savait très bien quel visage avait Mathilde. Probablement peu

196

changé depuis les séminaires où il l'avait vue. Mais il voulait toucher.

*
* *

Le lendemain, Adamsberg prit le volant en direction de Montargis. Danglard était assis à côté de lui, Castreau et Delille à l'arrière. Le fourgon suivait. Adamsberg se mordait les lèvres en conduisant. De temps en temps, il jetait un regard à Danglard, ou, parfois, quand il lâchait le changement de vitesses, il posait sa main un instant sur le bras de l'inspecteur. Comme pour s'assurer que Danglard était bien là, vivant, présent, et qu'il fallait qu'il le reste.

Mathilde s'était réveillée tôt et n'avait eu le courage de suivre personne ce matin. La veille, elle s'était pourtant amusée un long moment avec un couple illégitime à la *Brasserie Barnkrug*. Ils ne se connaissaient pas depuis longtemps. Mais quand l'homme s'était excusé au milieu du repas et s'était levé, pour aller téléphoner, la fille l'avait regardé disparaître les sourcils froncés, et puis elle avait fait glisser une partie des frites de son compagnon dans sa propre assiette. Satisfaite de son butin, elle l'avait dévoré en tirant la langue avant chaque bouchée. L'homme était revenu, et Mathilde s'était dit qu'elle savait quelque chose de fondamental sur la fille que son compagnon n'apprendrait jamais. Oui, elle s'était bien amusée. Une bonne tranche.

Mais ce matin, ça ne lui disait rien du tout. En fin de tranche 1, il ne fallait pas trop s'étonner. Elle pensait qu'aujourd'hui Jean-Baptiste Adamsberg allait mettre la main sur la musaraigne, qu'elle allait se débattre en sifflant, que ça serait une sacrée journée pour la vieille Clémence qui avait si bien classé ses diapos avec ses gants, comme elle avait si bien classé ses meurtres. Mathilde se demanda un court instant si elle se sentait responsable. Si elle n'avait pas crié au *Dodin Bouffant* pour épater tout le monde qu'elle savait dénicher l'homme aux cercles, Clémence ne serait pas venue la parasiter et n'aurait pas trouvé l'occasion de tuer. Elle se dit ensuite que c'était fantasmagorique d'égorger un vieux docteur sous prétexte qu'il a été votre fiancé d'un jour et que l'aigreur a fait le reste.

Fantasmagorique. Elle aurait dû dire ça à Adamsberg. Mathilde se répétait ses phrases toute seule à mi-voix, accoudée sur sa table-aquarium. « Adamsberg, ce meurtre est fantasmagorique. » Un meurtre de passion, ça ne se prépare pas froidement cinquante ans plus tard, surtout avec une machine de guerre aussi complexe que celle utilisée par Clémence. Comment Adamsberg avait-il pu se tromper à ce point sur le mobile de la vieille ? Il fallait être idiot pour croire à un pareil mobile fantasmagorique. Ce qui tracassait Mathilde, c'est qu'elle tenait justement Adamsberg pour un des types les plus fins qu'elle ait croisés. Mais il y avait vraiment quelque chose qui n'allait pas avec le mobile de la vieille Clémence. Pas de visage, cette femme-là. Elle s'était convaincue qu'elle était gentille pour tâcher de l'aimer un peu, de l'aider, mais tout l'avait sans cesse gênée chez la musaraigne. Tout, c'est-à-dire rien : pas de corps dans sa carcasse ; pas de regard dans son visage ; pas de tonalité dans sa voix. Rien partout.

Hier soir, Charles avait tâtonné le long de son visage. Ça avait été assez agréable, il faut le reconnaître, ces mains longues qui avaient effleuré si scrupuleusement tous les contours de sa figure comme si elle avait été imprimée en braille. Elle avait eu l'impression qu'il aurait voulu la toucher plus avant, mais elle n'avait pas fait un geste en ce sens. Au contraire, elle avait fait du café. Un café très bon d'ailleurs. Ça ne remplace pas une caresse bien sûr. Mais dans un sens, une caresse ne remplace pas un très bon café non plus. Mathilde estima que cette comparaison n'avait pas de sens, que les caresses et les bons cafés, ça n'était pas interchangeable.

Bien, soupira Mathilde à haute voix. Du doigt elle suivit un Lépadogaster à deux taches qui nageait sous la plaque de verre. Il fallait qu'elle les nourrisse, les poissons. Qu'est-ce qu'elle allait faire avec Charles et ses caresses ? Est-ce qu'il n'était pas temps qu'elle reparte dans la mer ? Puisqu'elle n'avait envie de suivre personne ce matin. Qu'est-ce qu'elle avait récolté à la surface de l'écorce en trois mois ? Un flic qui aurait dû être pute, un aveugle mauvais comme une teigne et caressant, un byzantiniste cercleur, une vieille tueuse. Une bonne récolte, au fond. Pas de quoi se plaindre. Elle aurait dû écrire tout ça. Ça serait plus marrant que d'écrire sur les pectorales des poissons.

— Oui mais quoi ? dit-elle tout haut en se levant d'un bloc. Écrire quoi ? Pour quoi faire, écrire ?

Pour raconter de la vie, se répondit-elle.

Foutaises ! Au moins sur les pectorales, on a quelque chose à raconter que personne ne sait. Mais le reste ? Pour quoi faire, écrire ? Pour séduire ? C'est ça ? Pour séduire les inconnus, comme si les connus ne te suffisaient pas ? Pour t'imaginer rassembler la quintessence du monde en quelques pages ? Quelle quintessence à la fin ? Quelle émotion du monde ? Quoi dire ? Même l'histoire de la vieille musaraigne n'est pas intéressante à dire. Écrire, c'est rater.

Mathilde se rassit, d'humeur sombre. Elle pensa qu'elle pensait décousu. Les pectorales, c'est très bien, ça.

Mais c'est parfois morose de ne parler que des pectorales, parce qu'on s'en fout encore plus que de la vieille Clémence.

Mathilde se redressa et rejeta tous ses cheveux noirs en arrière des deux mains. Très bien, jugea-t-elle, je fais un petit accès de métaphysique, ça va passer. Foutaises, murmura-t-elle encore. Je serais moins triste si Camille ne repartait pas ce soir. Encore partir. Si elle n'avait pas rencontré ce policier volant, elle ne serait pas obligée de vivre tout autour de la terre. Et écrire ça, ça vaudrait le coup?

Non.

Il était peut-être bien temps d'aller replonger dans une fosse marine. Et surtout, il était interdit de se demander pour quoi faire.

Pour quoi faire? se demanda aussitôt Mathilde.

Pour se faire du bien. Pour se mouiller. Voilà. Pour se mouiller.

*
* *

Adamsberg roulait vite. Danglard comprenait qu'on allait vers Montargis mais il n'en savait pas plus. Et plus la route avançait, plus le visage du commissaire se contractait. Et les contrastes de ce visage s'intensifiaient au point de devenir quasi surréels. La gueule d'Adamsberg était comme ces lampes dont on peut faire varier l'intensité. Vraiment bizarre. Ce que Danglard ne comprenait pas, c'est qu'Adamsberg avait noué à sa façon une cravate noire sur sa vieille chemise blanche. Une cravate d'enterrement qui allait de travers. Danglard s'en inquiéta à haute voix.

— Oui, répondit Adamsberg, j'ai mis cette cravate. Jolie coutume je trouve, non ?

Et ce fut tout. Sauf parfois la main qui se posait un instant sur son bras. Plus de deux heures après avoir quitté Paris, Adamsberg arrêta la voiture dans un chemin forestier. Là, il n'y avait plus la chaleur de l'été. Danglard lut sur un panneau *Forêt domaniale des Bertranges*, et Adamsberg dit : « On y est », en serrant le frein à main.

Il descendit de voiture, respira, et regarda autour de lui en hochant la tête. Il étala une carte sur le capot et appela d'un signe Castreau, Delille, et les six hommes du fourgon.

— On va par là, indiqua-t-il. On fait ce sentier, puis celui-là et celui-là. Ensuite, on fera les sentiers de la partie sud. Il s'agit de sillonner toute la zone autour de cette baraque forestière.

En même temps, il faisait un petit rond avec le doigt sur la carte.

— Des cercles, toujours des cercles, murmura-t-il.

Il replia la carte en boule désordonnée et la tendit à Castreau.

— Sortez les chiens, ajouta-t-il.

Six bergers tenus en laisse dévalèrent du fourgon en faisant beaucoup de bruit. Danglard qui n'aimait pas trop ces bêtes-là se tenait un peu à l'écart, les bras croisés, retenant les pans de son ample veston gris en seule protection.

— Il faut tout ça pour la vieille Clémence ? demanda-t-il. Et comment vont-ils faire, les chiens ? Elle ne nous a même pas laissé un bout d'habit à renifler.

— J'ai ce qu'il faut, dit Adamsberg en sortant un petit paquet du fourgon, qu'il posa sous le nez des chiens.

— C'est de la viande pourrie, dit Delille en fronçant le nez.

— Ça sent la mort, dit Castreau.

— C'est vrai, dit Adamsberg.

Il fit un petit signe de tête et ils prirent le premier sentier qui partait sur leur droite. En tête, les chiens tiraient sur leur laisse en hurlant. L'un d'eux avait bouffé le bout de viande.

— Il est con, ce chien, dit Castreau.

— Je n'aime pas ça, dit Danglard. Pas du tout.

— Je m'en doute, dit Adamsberg.

La forêt, ça fait du bruit quand on marche dedans. Des bruits de branches qui se cassent, des bruits de bestioles qui se sauvent, des bruits d'oiseaux, des bruits d'hommes qui glissent sur les feuilles, des bruits de chiens qui en font voler partout.

Adamsberg avait son vieux pantalon noir. Il marchait les mains à moitié dans sa ceinture, la cravate passée sur l'épaule, muet, attentif au moindre écart des chiens. Il se passa trois quarts d'heure avant que deux chiens quittent en même temps le sentier, tournant brusquement vers la gauche. Là, il n'y avait plus de sente praticable. Il fallait passer sous les branches, contourner les troncs. Ils progressaient lentement, et les chiens tiraient. Une branche revint comme un boomerang dans le visage de Danglard. Ça lui fit mal. Le chien de tête, le meilleur des chiens, celui qui s'appelait Alarm-Clock, et qu'on appelait Clock tout court, s'arrêta au bout d'une soixantaine de mètres. Il tourna sur lui-même, aboya en levant la tête, puis gémit et se coucha sur le sol, la tête droite, satisfait. Adamsberg s'était figé, les doigts serrés maintenant sur sa ceinture. Son regard balaya le minuscule espace où Clock s'était couché, quelques mètres carrés entre des chênes et des bouleaux. De la main, il toucha une branche basse qui avait été cassée, il y a des mois. La mousse avait poussé sur la flexure.

Ses lèvres s'entremêlèrent, comme à chacun de ses moments d'émotion. Danglard avait repéré ça.

— Rappelez tous les autres, dit Adamsberg.

Puis il regarda Declerc qui portait le sac de matériel et il lui fit signe qu'on pouvait commencer à travailler là. Danglard observa avec appréhension Declerc qui ouvrait le sac, qui sortait les pioches, les pelles, qui les distribuait.

Depuis une heure, il se refusait à penser qu'on cherchait ça. Mais il ne pouvait plus contourner l'évidence maintenant : on cherchait ça.

Des retrouvailles, j'espère, avait dit hier Adamsberg. Sa cravate noire. Le commissaire ne reculait donc devant aucun symbole, si lourd fût-il.

Ensuite, les pelles firent beaucoup de bruit, un bruit affreux où le fer racle contre les cailloux, et que Danglard avait entendu trop de fois. Le tas de terre qui montait peu à peu à côté de l'excavation, il l'avait vu trop de fois aussi. Les hommes savaient pelleter. Ils allaient vite, en pliant les genoux.

Adamsberg, qui ne quittait pas la fosse des yeux, retint Declerc par le bras.

— Allez-y doucement maintenant. Raclez doucement. Changez d'outils.

Il fallut éloigner les chiens. Ils faisaient trop de bruit.

— Les chiens s'énervent, observa Castreau.

Adamsberg hocha la tête et continua de fixer la fosse.

Declerc guidait les opérations. Il ôtait maintenant la terre avec une truelle légère. Et puis il recula d'un coup, comme s'il avait été attaqué. Il s'épongea le nez avec sa manche.

— Voilà, dit-il, c'est une main. Je crois. Je crois que c'est une main.

Danglard fit un effort prodigieux pour se décoller du tronc d'arbre contre lequel il s'était plaqué, et pour s'approcher de la fosse. Oui, c'était une main. Une terrible main.

Un homme dégageait le bras maintenant, un autre la tête, un autre des lambeaux de tissu bleu. Danglard eut le vertige. Il recula, cherchant de la main derrière son dos l'endroit où il avait bien pu laisser son bon tronc d'arbre, son bon chêne. Il tâta l'écorce, s'y incrusta fort, avec devant les yeux l'image entrevue d'un horrible cadavre, à la peau noire et coulante.

Je n'aurais jamais dû venir, pensa-t-il en fermant les yeux. Et il ne chercha même pas à savoir dans cet instant à qui pouvait être ce corps immonde, pourquoi on était venu le chercher, où on était, et pourquoi il ne comprenait rien. Tout ce qu'il savait, c'est que c'était raté pour les retrouvailles du commissaire. Le cadavre était là depuis des mois. Ça n'était donc pas Clémence.

Les hommes travaillèrent encore une heure dans une odeur qui devenait à mesure plus intolérable. Danglard n'avait plus bougé d'un centimètre le long du tronc de son chêne réconfortant. Il gardait la tête levée. On ne voyait qu'un bout de ciel pas bien grand là-haut entre les sommets des arbres, et ce coin de forêt était sombre. Il entendit la voix douce d'Adamsberg qui disait :

— Ça suffit. On s'arrête. On va boire quelque chose.

On jeta les outils dans un coin, et Declerc sortit du sac un litre de cognac.

— Ce n'est pas du cognac sophistiqué, expliqua-t-il. Mais ça nous nettoiera un peu. Pas plus d'un fond de gobelet chacun.

— Interdit mais indispensable, dit Adamsberg.

Le commissaire fit quelques pas pour apporter un gobelet à Danglard. Il ne dit pas « Ça va ? » ou « Ça va mieux ? ». En fait il ne dit rien du tout. Il savait que dans une demi-heure, ça allait un peu passer, que Danglard pourrait marcher. Tout le monde le savait, et personne ne l'emmerdait avec ça. Chacun était déjà assez occupé avec ses luttes internes autour de cette fosse puante.

Les neuf hommes s'assirent un peu à l'écart de l'excavation, près de Danglard qui restait debout. Le médecin tournoya encore autour de la fosse et revint les rejoindre.

— Alors, docteur pour hommes morts, questionna Castreau, ça raconte quoi ?

— Ça raconte que c'est une femme âgée, soixante, soixante-dix ans... Ça raconte qu'elle a été tuée par une blessure à la gorge, il y a plus de cinq mois. Ça va être aride de l'identifier, mes garçons (le médecin légiste disait souvent « mes garçons », comme s'il faisait la classe). Les habits sont communs, modestes, ça ne vous aidera pas. Et j'ai l'impression qu'on ne trouvera aucune autre affaire personnelle dans la tombe. N'espérez pas vous rabattre sur son dentiste. Elle a la denture fraîche comme vous et moi, sans trace d'intervention, à ce que j'ai pu voir. Voilà ce que ça raconte, mes garçons. Alors pour dire qui c'est, vous allez y mettre le temps.

— C'est Clémence Valmont, dit doucement Adamsberg, domiciliée à Neuilly-sur-Seine, âgée de soixante-quatre ans. Je veux bien un autre doigt de cognac, Declerc. C'est vrai qu'il est ordinaire, mais c'est quand même agréable.

— Non ! intervint Danglard, plus vivement qu'on aurait pu le croire, mais sans bouger de son arbre. Non. Le toubib l'a dit, cette femme-là est morte depuis des mois ! Et Clémence a quitté la rue des Patriarches, bien vivante, il y a un mois. Alors ?

— Mais, répondit Adamsberg, j'ai dit Clémence Valmont, domiciliée à Neuilly-sur-Seine. Pas domiciliée rue des Patriarches.

— Alors quoi ? dit Castreau. Il y en a deux ? Deux homonymes ? Deux jumelles ?

Adamsberg secoua la tête en faisant tournoyer le cognac au fond de son gobelet.

— Il n'y en a jamais eu qu'une, dit-il. Une Clémence Valmont à Neuilly, assassinée il y a cinq ou six mois. Elle, dit-il en montrant la fosse d'un mouvement de menton. Et puis il y avait quelqu'un qui habitait depuis deux mois chez Mathilde Forestier, rue des Patriarches, sous le nom d'emprunt de Clémence Valmont. Quelqu'un qui avait tué Clémence Valmont.

— Qui était-ce ? demanda Delille.

Adamsberg jeta un regard à Danglard avant de répondre, comme pour s'excuser.

— C'était un homme, dit-il. C'était l'homme aux cercles.

*
* *

Ils s'étaient éloignés de la fosse pour respirer mieux. Deux hommes s'y relayaient. On attendait l'équipe du labo et le commissaire de Nevers. Adamsberg s'était assis avec Castreau près du fourgon, et Danglard avait été marcher.

Il marcha une demi-heure, laissant le soleil lui chauffer le dos et lui redonner les vigueurs qu'il avait perdues. Alors la musaraigne avait été l'homme aux cercles. Alors c'était lui qui avait égorgé Clémence Valmont, puis Madeleine Châtelain, puis Gérard Pontieux, puis sa femme enfin. Dans sa tête de vieux rat, il avait mis au point cette mécanique infernale. Des cercles d'abord. Plein de cercles. On avait cru à un maniaque.

Un pauvre maniaque exploité par un meurtrier. Tout s'était déroulé comme il l'avait décidé. On l'avait arrêté, il avait fini par avouer sa manie cerclifère. Comme il l'avait décidé. On l'avait donc relâché, et tout le monde avait cavalé après Clémence. La coupable qu'il leur avait préparée. Une Clémence déjà morte depuis des mois, et qu'ils auraient cherchée vainement jusqu'à ce qu'on classe l'affaire. Danglard fronçait les sourcils. Trop de choses étaient obscures.

Il rejoignit le commissaire qui mâchonnait en silence un bout de pain avec Castreau, toujours assis sur le bord du sentier. De la main, Castreau essayait d'attirer une merlette avec quelques miettes.

— Pourquoi, dit Castreau, mais pourquoi les femelles des oiseaux sont-elles toujours plus ternes que les mâles? Les femelles, c'est marron, c'est beige, c'est n'importe quoi. On dirait qu'elles s'en foutent. Mais leurs mâles, c'est rouge, c'est vert, c'est doré. Mais pourquoi, bon Dieu? C'est le monde à l'envers.

— On raconte, dit Adamsberg, que les mâles ont besoin de tout ça pour plaire. Il faut sans cesse qu'ils inventent des trucs, les mâles. Je ne sais pas si vous avez remarqué ça, Castreau. Sans cesse des trucs. Quelle fatigue!

La merlette s'envola.

— La merlette, dit Delille, elle a assez de boulot à inventer ses œufs et à les faire pousser, non?

— Comme moi, dit Danglard. Je dois être une merlette. Mes œufs me donnent plein de soucis. Surtout le dernier qu'on a mis dans mon nid, le petit coucou.

— Pas si vite, dit Castreau. Tu ne t'habilles pas en beige et marron.

— Et puis merde, répondit Danglard. Les banalités zoo-anthropologiques, ça ne va pas chercher très loin. Ce n'est pas avec des oiseaux que tu vas comprendre les hommes. Qu'est-ce que tu crois? Les oiseaux, c'est des oiseaux, c'est tout. Qu'est-ce que tu fiches à t'occuper de ça alors qu'on a un cadavre sur le dos et qu'on ne comprend rien à rien? À moins que tu ne comprennes tout?

Danglard sentait bien qu'il déraillait et qu'en d'autres circonstances il eût défendu un point de vue plus nuancé. Mais il n'avait pas le cran pour ça ce matin.

— Il faudra me pardonner de ne pas vous avoir tenu au courant de tout, dit Adamsberg à Danglard. Mais jusqu'à ce matin, je n'avais aucune raison d'être sûr de moi. Je ne voulais pas vous entraîner dans des intuitions sans foi ni loi que vous auriez pu réduire en miettes en raisonnant sainement. Vos raisonnements m'influencent, Danglard, et je ne voulais pas prendre le risque d'être influencé avant ce matin. Sinon, j'aurais pu perdre ma piste.

— La piste de la pomme pourrie?

— Surtout la piste des cercles. Ces cercles que j'ai détestés. Encore plus quand Vercors-Laury a confirmé qu'il ne s'agissait pas d'une manie authentique. Pire, ce n'était même pas une manie du tout. Rien dans ces cercles ne signalait une obsession véritable. Cela ne faisait que ressembler à une obsession, à l'idée toute faite qu'on peut en avoir. Par exemple, Danglard, vous aviez dit que l'homme variait sa façon de faire: parfois il traçait le cercle d'un seul tenant, parfois en deux morceaux, parfois ovale même. Mais croyez-vous qu'un maniaque aurait pu tolérer un tel laxisme? Un maniaque, ça règle son univers au millimètre près. Sinon ce n'est pas la peine d'avoir une manie. Une manie, c'est fait pour organiser le monde, pour le contraindre, pour posséder l'impossible, pour s'en protéger. Alors des cercles comme ça, sans date fixe, sans objet fixe, sans lieu fixe, sans tracé fixe, c'était de la manie de foire. Et le cercle ovale de la rue Ber-

208

tholet, autour de Delphine Le Nermord, ça a été sa grosse erreur.

— Comment ça ? demanda Castreau. Tiens ! Voilà le mâle ! Voilà le mâle avec son bec jaune !

— Le cercle était ovale parce que le trottoir était étroit. Le premier maniaque venu n'aurait jamais enduré ça. Il aurait été trois rues plus loin, c'est tout. Si le cercle était là, c'est qu'il fallait qu'il soit là, à mi-chemin des rondes des agents, dans une rue obscure qui permettait le meurtre. Le cercle fut ovale parce qu'il n'y avait pas moyen de tuer Delphine Le Nermord ailleurs, sur un grand boulevard. Trop de flics partout, je l'avais dit, Danglard. Il lui fallait s'abriter, tuer où c'était le plus sûr. Alors tant pis pour le cercle, il serait plus étroit. Une gaffe dramatique pour un soi-disant maniaque.

— Ce soir-là, vous saviez que l'homme aux cercles était l'assassin ?

— Je savais au moins que les cercles étaient de mauvais cercles. Des faux cercles.

— Alors il a bien joué son affaire, Le Nermord. Il m'a bien joué aussi, n'est-ce pas ? Sa terreur, ses sanglots, sa fragilité, et puis ses aveux, et puis son innocence. Foutaises.

— Très bien joué. Il vous a secoué, Danglard. Même le juge d'instruction, qui est né méfiant, a estimé impossible qu'il soit coupable. Assassiner sa propre épouse dans un de ses propres cercles ? Impensable. Il n'y avait plus qu'à le relâcher et se laisser conduire là où il entendait nous conduire. Jusqu'au coupable qu'il nous avait fabriqué, la vieille Clémence. Et je n'ai rien fait de plus. Je me suis laissé porter.

— Le merle a trouvé un cadeau pour la merlette, dit Castreau. C'est un petit bout d'aluminium.

— Ça t'intéresse pas ce qu'on dit ? demanda Danglard.

— Si. Mais je ne veux pas avoir l'air de trop écouter, j'aurais l'impression d'être un imbécile. Vous ne m'avez pas observé, mais j'avais tout de même réfléchi à cette affaire. La seule chose que j'avais conclue, c'est que Le Nermord avait quelque chose de malsain. Mais ça n'a pas été plus loin. Comme nous tous, j'ai cherché Clémence.

— Clémence… dit Adamsberg. Il a dû prendre son temps pour la trouver. Il lui fallait dénicher quelqu'un de son âge, d'allure insignifiante, et qui soit assez coupé du monde pour que sa disparition n'inquiète pas. Cette vieille Valmont de Neuilly était idéale, avec sa folie crédule et solitaire des petites annonces. La séduire, lui promettre la lune, la convaincre de tout vendre et de le rejoindre avec deux valises, ça n'a pas dû être sorcier. Clémence n'en a parlé qu'à ses voisins. Mais comme ils n'étaient pas des amis, ils ne se sont pas alarmés de son aventure, et tout le monde a bien rigolé. Le fiancé, personne ne l'avait jamais vu. La pauvre vieille est venue au rendez-vous.

— Allons bon, dit Castreau, voilà un deuxième merle qui rapplique à présent. Qu'est-ce qu'il espère ? La merlette le regarde. Ça va être la guerre. Merde. Quelle vie, bon sang, quelle vie !

— Il l'a tuée, dit Danglard, et il est venu l'enterrer ici. Pourquoi ici ? Où est-ce qu'on est ?

Adamsberg tendit un bras fatigué vers sa gauche.

— Pour enterrer quelqu'un, il faut connaître des endroits tranquilles. La baraque forestière là-bas, c'est la maison de campagne de Le Nermord.

Danglard regarda la baraque. Oui, Le Nermord l'avait bien roulé.

— Après quoi, reprit Danglard, il a pris la défroque de la vieille Clémence. Facile, il avait ses deux valises.

— Continuez, Danglard. Je vous laisse finir.

— Voilà, dit Castreau, la merlette s'envole maintenant, elle a perdu le petit bout d'aluminium. Crevez-
vous le cul à faire des cadeaux. Non, elle revient.

— Il s'est installé chez Mathilde, continua Danglard.
Cette femme l'avait suivi. Cette femme l'inquiétait. Il lui
fallait surveiller Mathilde, et puis s'en servir à son gré.
L'appartement libre a été pour lui une formidable occasion. En cas de problème, Mathilde constituerait un
témoin rêvé : elle connaissait l'homme aux cercles, elle
connaissait Clémence. Elle croyait à la séparation de
ces deux êtres, et il s'employait à l'en convaincre. Mais
pour les dents, comment a-t-il fait ?

— C'est vous qui m'avez parlé du bruit de sa pipe
contre ses dents.

— C'est vrai. Un dentier alors. Il lui suffisait de
limer un ancien appareil. Et les yeux ? Il les a bleus.
Elle les avait bruns. Des lentilles ? Oui. Des lentilles.
Le béret. Les gants. Toujours les gants. La transfor-
mation devait tout de même demander du temps, du
soin, de l'art même. Et puis comment pouvait-il sortir
de chez lui habillé en vieille dame ? N'importe quel
voisin aurait pu le voir. Où se changeait-il ?

— Il se changeait en chemin. Il sortait de chez lui
en homme et il arrivait rue des Patriarches en femme.
Et vice versa, bien sûr.

— Alors ? Un local abandonné ? Une baraque de
chantier où il planquait ses habits ?

— Par exemple. Faudra la trouver. Ou qu'il nous le
dise.

— Une baraque de chantier avec des restes de
bouffe, des fonds de bouteille, un placard un peu
moisi ? C'est ça ? L'odeur ? L'odeur de pomme pourrie
sur les vêtements ? Et pourquoi les vêtements de Clémence ne sentaient-ils rien ?

— Ils étaient légers. Il les gardait sous son costume, et il rangeait le reste, béret, gants, dans sa sacoche. Mais il ne pouvait pas garder son costume d'homme sous les vêtements de Clémence. Alors il les laissait en route.

— C'est une sacrée organisation.

— Pour certains êtres, l'organisation est une chose délicieuse. C'est un meurtre sophistiqué qui lui a demandé des mois de travail préalable. Il s'est mis à cercler plus de quatre mois avant le premier meurtre. Ce genre de byzantiniste ne recule pas devant des heures de préparation minutieuse, tatillonne. Je suis sûr qu'il y a pris un formidable plaisir. Par exemple, l'idée de se servir de Gérard Pontieux pour nous faire courir après Clémence. C'est le genre de perfection qui a dû le ravir. De même que la goutte de sang déposée chez Clémence, dernière touche avant son départ.

— Où est-il ? Bon Dieu, où est-il ?

— À la ville. Il va rentrer déjeuner. Rien ne presse, il est si sûr de lui. Un plan si compliqué ne pouvait pas rater. Mais il ne pouvait pas savoir pour la revue de mode. Sa Delphie prenait des libertés sans le lui dire.

— C'est le petit mâle qui gagne, dit Castreau. Je vais lui filer du pain. Il a bien bossé.

Adamsberg leva la tête. L'équipe du labo arrivait. Conti descendait du camion, avec toutes ses sacoches.

— Tu vas voir ça, dit Danglard en saluant Conti, c'est autre chose que le bigoudi. Mais c'est le même type qui l'a fait.

— Le type, on va le chercher maintenant, dit Adamsberg en se levant.

*
* *

La maison d'Augustin-Louis Le Nermord était un relais de chasse mal entretenu. Un crâne de cerf était pendu au-dessus de la porte d'entrée.

— C'est gai, dit Danglard.

— C'est que l'homme n'est pas gai, dit Adamsberg. Il aime la mort. Reyer m'a dit ça de Clémence. Il a surtout dit qu'elle parlait comme un homme.

— Moi je m'en fous, dit Castreau. Regardez.

Fier, il leur montrait la merlette qui avait grimpé sur son épaule.

— Vous avez déjà vu ça ? Une merlette qui s'apprivoise ? Et qui me choisit, moi ?

Castreau en riait.

— Je vais l'appeler Miette, dit-il. C'est con, non ? Est-ce que vous croyez qu'elle va rester avec moi ?

Adamsberg sonna à la porte. Des pas en chaussons glissèrent dans le couloir, avec calme. Le Nermord ne s'inquiétait de rien. Quand il ouvrit, Danglard regarda autrement ses yeux bleu sale, sa peau blanche avec des petites plaques rousses.

— J'allais manger, dit Le Nermord. Que se passe-t-il ?

— Tout a raté, monsieur, dit Adamsberg. Ça arrive.

Il lui posa une main sur l'épaule.

— Vous me serrez, dit Le Nermord en reculant.

— Veuillez nous suivre, dit Castreau. Vous êtes sous l'inculpation d'un quadruple meurtre.

La merlette toujours sur l'épaule, il saisit les poignets de Le Nermord et lui passa les menottes. Avant, du temps de l'ancien commissaire, Castreau se glorifiait de savoir passer les menottes si vite qu'on n'avait le temps de rien voir. Là, il ne dit rien.

Danglard n'avait pas quitté des yeux l'homme aux cercles. Et il lui sembla comprendre de quoi avait parlé Adamsberg avec cette histoire de gros crétin de chien baveux. Cette histoire de cruauté. Ça suintait.

L'homme aux cercles était devenu en cette minute épouvantable à regarder. Bien plus épouvantable que le cadavre de la fosse.

*
* *

Le soir, tous les hommes avaient regagné Paris. Il y avait surcharge et excitation dans le commissariat. L'homme aux cercles, tenu sur une chaise par Declerc et Margellon, égrenait des imprécations de mort.

— Vous l'entendez ? demanda Danglard à Adamsberg en entrant dans son bureau.

Pour une fois, Adamsberg ne griffonnait pas. Il terminait, debout, son rapport au juge d'instruction.

— Je l'entends, dit Adamsberg.

— Il veut vous couper la gorge.

— Je sais, mon vieux. Il faudrait que vous appeliez Mathilde Forestier. Elle voudra savoir ce qui est arrivé à la musaraigne, c'est compréhensible.

Ravi, Danglard sortit téléphoner.

— Elle n'est pas là, dit-il en revenant. Je n'ai eu que Reyer. Il m'énerve, Reyer. Tout le temps fourré chez elle. Mathilde est partie accompagner quelqu'un au train de neuf heures à la gare du Nord. Il pense qu'elle rentrera peu après. Il a ajouté qu'elle n'était pas en forme, qu'il y avait des frémissements dans la voix de la Reine Mathilde, et qu'on pourrait passer boire un coup plus tard pour la faire rire. Mais rire avec quoi ?

Adamsberg regardait fixement Danglard.

— Quelle heure est-il ? demanda-t-il.

— Huit heures vingt. Pourquoi ?

Adamsberg attrapa sa veste et sortit en courant. Danglard eut le temps d'entendre qu'il lui criait de relire le rapport en son absence, et qu'il reviendrait.

Dans la rue, Adamsberg courait à la recherche d'un taxi.

Il parvint à être à neuf heures moins le quart à la gare du Nord. En courant toujours, il entra par la grande porte, s'allumant une cigarette en même temps. Il arrêta violemment Mathilde qui sortait.

— Vite, Mathilde, vite ! C'est elle qui s'en va, n'est-ce pas ? Ne me mentez pas, bon Dieu ! J'en suis certain ! Le quai ? Le numéro du quai ?

Mathilde le regardait sans rien dire.

— Quel quai ? cria Adamsberg.

— Merde ! dit Mathilde. Allez vous faire foutre, Adamsberg. Si vous n'aviez pas existé, peut-être qu'elle ne s'en irait pas tout le temps.

— Vous n'en savez rien ! Elle est faite comme ça ! Le quai, bon Dieu !

Mathilde ne voulait rien répondre.

— Quai 14, dit-elle.

Adamsberg la planta là. Il était neuf heures moins six à la grande horloge du hall. Il reprit son souffle en approchant du quai 14.

Elle était là. Bien sûr. Le corps serré dans un maillot et un fuseau noirs. Ça faisait comme une ombre. Camille avait la tête droite, regardant on ne sait quoi, toute la gare peut-être. Adamsberg se rappela cette expression, vouloir tout voir sans forcément en attendre quelque chose. Elle serrait une cigarette entre ses doigts.

Et puis elle la jeta au loin. Camille avait toujours de très beaux gestes. Elle avait bien réussi celui-là. Elle attrapa sa valise et longea le quai. Adamsberg courut, la devança, et se retourna. Camille se cogna contre lui.

— Viens, dit-il. Il faut que tu viennes. Viens. Une heure.

Camille le regardait, exactement émue comme il l'avait imaginé s'il l'avait rattrapée au taxi.

— Mais non, dit-elle. Va-t'en, Jean-Baptiste.

Camille n'était pas stable. Adamsberg se souvenait bien que Camille, à l'état normal, donnait toujours l'impression qu'elle allait virevolter ou bien dégringoler. Un peu comme sa mère. Comme si elle marchait en équilibre sur une planche souple suspendue au-dessus du vide au lieu de marcher par terre comme tout un chacun. Mais là, Camille vacillait vraiment.

— Camille, tu ne vas pas tomber ? Dis-moi ?

— Mais non.

Camille posa sa valise, étira ses bras au-dessus de sa tête, comme pour toucher le ciel.

— Regarde, regarde, Jean-Baptiste. En extension sur la pointe des pieds. Tu as vu ? Eh bien je ne tombe pas.

Camille sourit et laissa tomber les bras en soufflant.

— Je t'aime. Laisse-moi partir maintenant.

Elle lança sa valise par la portière ouverte. Elle grimpa les trois marches et se retourna, mince, noire, et Adamsberg ne voulait pas qu'il ne lui reste que quelques secondes pour regarder ce visage de dieu grec et de prostituée égyptienne.

Camille secoua la tête.

— Tu sais bien, Jean-Baptiste. Je t'ai aimé, et bon Dieu, ça ne s'en va pas en soufflant dessus. Les mouches, oui. Les mouches, ça s'envole en soufflant dessus. Je peux te confier ça, Jean-Baptiste : tu n'as rien d'une mouche. Bon Dieu. Mais aimer des types comme toi, je n'ai pas le cran. C'est trop difficile. Ça me casse la tête. On ne sait jamais où tu es, où tu balades ton âme. Ça me prive et ça m'inquiète. Quant à mon âme, elle se balade trop aussi. Alors tout le monde s'inquiète sans cesse. Bon Dieu, tu sais tout ça, Jean-Baptiste.

Camille sourit.

Il y eut la fermeture des portières, l'éloignement de la bordure du quai. Il y eut la recommandation de ne pas jeter des objets à travers les fenêtres. Oui. Adamsberg savait tout cela. Ce geste peut blesser ou tuer. Le train partait.

Une heure. Une heure au moins avant de claquer.

Il courut derrière le train et agrippa la rampe.

— Police, dit-il au contrôleur qui s'apprêtait à râler.

Il remonta la moitié du train.

Il la trouva allongée sur sa couchette, appuyée sur un coude, ne dormant pas, ne lisant pas, ne pleurant pas. Il entra et ferma la porte du compartiment.

— C'est ce que j'ai toujours pensé, dit Camille, tu es un emmerdeur.

— Je veux m'allonger une heure à côté de toi.

— Mais pourquoi une heure ?

— Je ne sais pas.

— Tu as gardé cette habitude ? Tu dis toujours « Je ne sais pas » ?

— Je n'ai perdu aucune habitude. Je t'aime, je veux m'allonger là une heure.

— Non. Ça me cassera trop la tête après.

— Tu as raison. Moi aussi.

Ils restèrent tous les deux face à face un bon moment. Le contrôleur entra.

— Police, répéta Adamsberg. J'interroge madame. Ne laissez entrer personne pour l'instant. Quel est le prochain arrêt ?

— Lille, dans deux heures.

— Merci, dit Adamsberg.

Et il lui fit un sourire, pour ne pas le blesser.

Camille s'était levée et regardait le paysage filer à travers la vitre.

— C'est ce qu'on appelle un abus de pouvoir, dit Adamsberg. Je suis désolé.

— Tu dis une heure? demanda Camille, le front collé à la vitre. Est-ce que tu crois, de toute façon, qu'on peut faire autrement?

— Non. Sincèrement je ne crois pas, dit Adamsberg.

Camille s'appuya contre lui. Adamsberg la serra comme dans son rêve où le groom attendait sur le lit. Ce qui était mieux dans ce compartiment de train, c'est que le groom n'était pas là. Ni Mathilde pour l'arracher.

— Lille, ça fait deux heures en fait, dit Camille.

— Une heure pour toi, et une heure pour moi, dit Adamsberg.

*
* *

Quelques minutes avant Lille, Adamsberg se rhabilla dans l'obscurité. Et puis il rhabilla Camille, avec lenteur. En fait, personne n'était gai.

— Au revoir, ma chérie, dit-il.

Il caressa ses cheveux, il l'embrassa.

Il ne voulut pas regarder le train quand celui-ci repartit. Il resta sur le quai, les bras croisés contre lui. Il s'aperçut qu'il avait laissé sa veste dans le compartiment. Il imagina que Camille l'avait peut-être enfilée, que les manches tombaient jusqu'à ses doigts, qu'elle était jolie comme ça, qu'elle avait ouvert la fenêtre et qu'elle regardait le paysage dans la nuit. Mais il n'était plus dans le train pour savoir quoi que ce soit de Camille à présent. Il voulait marcher, chercher un hôtel devant la gare. Il reverrait la petite chérie. Une heure. Disons au moins une heure avant de crever.

L'hôtelier lui proposa une chambre avec vue sur les rails. Il dit qu'il s'en foutait, qu'il voulait téléphoner.

— Danglard ? C'est Adamsberg. Vous avez toujours Le Nermord sous la main ? Il ne dort pas ? Très bien. Dites-lui que je n'ai pas l'intention de crever maintenant. Non. Ce n'est pas pour ça que je vous appelle. C'est pour la revue de mode. Lisez la revue de mode, les articles de Delphine Vitruel. Relisez ensuite les bouquins du grand byzantiniste. Vous comprendrez que c'était elle qui écrivait ses bouquins. Elle seule. Lui ne faisait que rassembler la documentation. Grâce à son amant herbivore, Delphine allait sortir tôt ou tard de l'esclavage, Le Nermord le savait bien. Elle allait finir par oser parler. Alors tout le monde allait savoir que le grand byzantiniste n'avait jamais existé, et que celle qui pensait et écrivait à sa place, c'était sa femme. Tout le monde allait savoir qu'il n'était rien, qu'un tyran piteux, qu'un rat. C'était ça, Danglard, son mobile, et pas autre chose. Dites-lui que ça n'a servi à rien qu'il tue Delphie. Et qu'il en crève.

— Pourquoi tant de haine ? demanda Danglard. Où êtes-vous ?

— Je suis à Lille. Et je ne suis pas gai. Pas gai du tout, mon vieux. Mais ça va passer. Ça va passer, j'en suis certain. Vous verrez. À demain, Danglard.

Camille fumait dans le couloir, les mains empêtrées dans les manches de la veste de Jean-Baptiste. Elle ne voulait pas voir le paysage. Dans quelque temps, elle sortirait de France. Elle essaierait d'être calme. Après la frontière.

Allongé sur le lit de la chambre d'hôtel dans le noir, Adamsberg attendait de s'endormir, les mains sous la nuque. Il ralluma la lampe, sortit son calepin de sa poche arrière. Ce calepin, il n'avait pas l'impression que ça l'avançait à grand-chose. Mais enfin.

Avec un crayon, il écrivit : « Je suis couché à Lille. J'ai perdu ma veste. »

Il s'arrêta, réfléchit. C'est vrai qu'il était couché à Lille. Puis il ajouta :

« Je ne dors pas.

« Alors, longtemps dans le lit, je pense à ma vie. »

6201

Achevé d'imprimer en France (La Flèche)
par CPI Brodard et Taupin
le 20 novembre 2008. 49970
Dépôt légal novembre 2008. EAN 9782290349229
1er dépôt légal dans la collection : août 2002

Éditions J'ai lu
87, quai Panhard-et-Levassor, 75013 Paris
Diffusion France et étranger : Flammarion